U0088239

JLPT

N4

文法篇

單字篇

日檢

N4 この一冊で合格！

單字 + **文法**

一本搞定

國家圖書館出版品預行編目資料

日檢單字+文法一本搞定N4(QR) ／ 雅典日研所企編.
-- 二版. -- 新北市：雅典文化, 民113.04
面； 公分. --（日語大師；19）
ISBN 978-626-7245-40-8（平裝）
1. CST: 日語 2. CST: 詞彙 3. CST: 語法 4. CST: 能力測驗
803.189   113000929

日語大師 **19**

日檢單字+文法一本搞定N4（QR）

企　　編／雅典日研所
責任編輯／張文慧
內文排版／鄭孝儀
封面設計／林鈺恆

法律顧問：方圓法律事務所／涂成樞律師

總經銷：永續圖書有限公司
永續圖書線上購物網
www.foreverbooks.com.tw

掃描填回函
好書隨時抽

出版日／2024年04月

雅典文化

出版社	22103　新北市汐止區大同路三段194號9樓之1
	TEL　（02）8647-3663
	FAX　（02）8647-3660

版權所有，任何形式之翻印，均屬侵權行為

50音基本發音表

● track 002

清音

a ㄚ		i 一		u ㄨ		e ㄝ		o ㄡ	
あ	ア	い	イ	う	ウ	え	エ	お	オ
ka ㄎㄚ		ki ㄎ一		ku ㄎㄨ		ke ㄎㄝ		ko ㄎㄡ	
か	カ	き	キ	く	ク	け	ケ	こ	コ
sa ㄙㄚ		shi ㄒ		su ㄙ		se ㄙㄝ		so ㄙㄡ	
さ	サ	し	シ	す	ス	せ	セ	そ	ソ
ta ㄊㄚ		chi ㄑ一		tsu ㄘ		te ㄊㄝ		to ㄊㄡ	
た	タ	ち	チ	つ	ツ	て	テ	と	ト
na ㄋㄚ		ni ㄋ一		nu ㄋㄨ		ne ㄋㄝ		no ㄋㄡ	
な	ナ	に	ニ	ぬ	ヌ	ね	ネ	の	ノ
ha ㄏㄚ		hi ㄏ一		fu ㄈㄨ		he ㄏㄝ		ho ㄏㄡ	
は	ハ	ひ	ヒ	ふ	フ	へ	ヘ	ほ	ホ
ma ㄇㄚ		mi ㄇ一		mu ㄇㄨ		me ㄇㄝ		mo ㄇㄡ	
ま	マ	み	ミ	む	ム	め	メ	も	モ
ya 一ㄚ				yu 一ㄩ				yo 一ㄡ	
や	ヤ			ゆ	ユ			よ	ヨ
ra ㄌㄚ		ri ㄌ一		ru ㄌㄨ		re ㄌㄝ		ro ㄌㄡ	
ら	ラ	り	リ	る	ル	れ	レ	ろ	ロ
wa ㄨㄚ				o ㄡ				n ㄣ	
わ	ワ			を	ヲ			ん	ン

● track 003

濁音

ga ㄍㄚ		gi ㄍ一		gu ㄍㄨ		ge ㄍㄝ		go ㄍㄡ	
が	ガ	ぎ	ギ	ぐ	グ	げ	ゲ	ご	ゴ
za ㄗㄚ		ji ㄐ一		zu ㄗ		ze ㄗㄝ		zo ㄗㄡ	
ざ	ザ	じ	ジ	ず	ズ	ぜ	ゼ	ぞ	ゾ
da ㄉㄚ		ji ㄐ一		zu ㄗ		de ㄉㄝ		do ㄉㄡ	
だ	ダ	ぢ	ヂ	づ	ヅ	で	デ	ど	ド
ba ㄅㄚ		bi ㄅ一		bu ㄅㄨ		be ㄅㄟ		bo ㄅㄡ	
ば	バ	び	ビ	ぶ	ブ	べ	ベ	ぼ	ボ
pa ㄆㄚ		pi ㄆ一		pu ㄆㄨ		pe ㄆㄝ		po ㄆㄡ	
ぱ	パ	ぴ	ピ	ぷ	プ	ぺ	ペ	ぽ	ポ

拗音

kya	ㄎ一ㄚ	kyu	ㄎ一ㄩ	kyo	ㄎ一ㄡ
きゃ	キャ	きゅ	キュ	きょ	キョ
sha	丁一ㄚ	shu	丁一ㄩ	sho	丁一ㄡ
しゃ	シャ	しゅ	シュ	しょ	ショ
cha	く一ㄚ	chu	く一ㄩ	cho	く一ㄡ
ちゃ	チャ	ちゅ	チュ	ちょ	チョ
nya	ㄋ一ㄚ	nyu	ㄋ一ㄩ	nyo	ㄋ一ㄡ
にゃ	ニャ	にゅ	ニュ	にょ	ニョ
hya	ㄏ一ㄚ	hyu	ㄏ一ㄩ	hyo	ㄏ一ㄡ
ひゃ	ヒャ	ひゅ	ヒュ	ひょ	ヒョ
mya	ㄇ一ㄚ	myu	ㄇ一ㄩ	myo	ㄇ一ㄡ
みゃ	ミャ	みゅ	ミュ	みょ	ミョ
rya	ㄌ一ㄚ	ryu	ㄌ一ㄩ	ryo	ㄌ一ㄡ
りゃ	リャ	りゅ	リュ	りょ	リョ

gya	ㄍ一ㄚ	gyu	ㄍ一ㄩ	gyo	ㄍ一ㄡ
ぎゃ	ギャ	ぎゅ	ギュ	ぎょ	ギョ
ja	ㄐ一ㄚ	ju	ㄐ一ㄩ	jo	ㄐ一ㄡ
じゃ	ジャ	じゅ	ジュ	じょ	ジョ
ja	ㄐ一ㄚ	ju	ㄐ一ㄩ	jo	ㄐ一ㄡ
ぢゃ	ヂャ	ぢゅ	ヂュ	ぢょ	ヂョ
bya	ㄅ一ㄚ	byu	ㄅ一ㄩ	byo	ㄅ一ㄡ
びゃ	ビャ	びゅ	ビュ	びょ	ビョ
pya	ㄆ一ㄚ	pyu	ㄆ一ㄩ	pyo	ㄆ一ㄡ
ぴゃ	ピャ	ぴゅ	ピュ	ぴょ	ピョ

● | 平假名 | 片假名 |

各詞類變化用例
動詞變化

[動－辭書形]：

I類動詞：書く

II類動詞：教える

III類動詞：する、来る

[動－ます形]：

I類動詞：書きます

II類動詞：教えます

III類動詞：します、来ます

[動－ない形]：

I類動詞：書かない

II類動詞：教えない

III類動詞：しない、来ない

[動－て形]：

I類動詞：書いて

II類動詞：教えて

III類動詞：して、来て

[動－た形]：

I類動詞：書いた

II類動詞：教えた

III類動詞：した、来た

[動－可能形]：

I類動詞：書ける

II類動詞：教えられる

III類動詞：できる、来られる

[動－ば形]：

I類動詞：書けば

II類動詞：教えれば

III類動詞：すれば、来れば

[動－命令形]：

I類動詞：書け

II類動詞：教えろ

III類動詞：しろ、来い

[動－意向形]：

I類動詞：書こう

II類動詞：教えよう

III類動詞：しよう、来よう

[動－被動形]：

I類動詞：書かれる

II類動詞：教えられる

III類動詞：される、来られる

[動－使役形]：

I類動詞：書かせる

II類動詞：教えさせる

III類動詞：させる、来させる

[動－使役被動形]：

I類動詞：書かされる／書かせられる

II類動詞：教えさせられる

III類動詞：させられる、来させられる

普通形

動詞	書く	書かない
	書いた	書かなかった
い形	楽しい	楽しくない
	楽しかった	楽しくなかった
な形	静かだ	静かではない
	静かだった	静かではなかった
名詞	先生だ	先生ではない
	先生だった	先生ではなかった

名詞修飾型

動詞	書く	書かない
	書いた	書かなかった
い形	楽しい	楽しくない
	楽しかった	楽しくなかった
な形	静かな	静かではない
	静かだった	静かではなかった
名詞	先生の	先生ではない
	先生だった	先生ではなかった

尊敬語（主詞是對方）

います	いらっしゃいます
行ます、来ます	いらっしゃいます
来ます	おいでになります
食べます、飲みます	召し上がります
言います	おっしゃいます
見ます	ご覧になります
知っています	ご存知です
くれます	くださいます
します	なさいます
どう	いかが

謙譲語（主詞是自己）

います	おります
行ます、来ます	うかがいます
来ます	まいります
食べます、飲みます	いただきます
言います	申します、申し上げます
見ます	拝見します
知っています	存じています
あげます	差し上げます
もらいます	いただきます
します	いたします

和語／漢語名詞的敬體

お＋和語名詞
ご＋漢語名詞

な形容詞／名詞＋でございます
上手です　　　　　　　上手でございます
三階です　　　　　　　三階でございます

動詞被動形表尊敬

行きます　　　　　　　行かれます

お和語動詞＋になります／ご漢語動詞＋になります

帰ります　　　　　　　お帰りになります
利用します　　　　　　ご利用になります

お和語動詞＋ください／ご漢語動詞＋ください

待ちます　　　　　　　お待ちください
案内する　　　　　　　ご案内ください

お和語動詞＋します／ご漢語動詞＋します

持ちます　　　　　　　お持ちします
返事します　　　　　　ご返事します

目
錄

目

錄

單字篇

目
錄

N4 この一冊で合格！

文法篇

文
法
篇

單
字
篇

「敬體」與「常體」

說　明

　　日文和中文最大的不同，就在於日文依照說話對象的不同，使用的文法也會有所改變。我們學過的動詞－「**ます形**」，以及在名詞句、形容詞句中用到的「**です**」，都是屬於「敬體」的一種。在日文中，為了表示尊重對方，於是在句子上加了很多華麗的裝飾，「敬體」就是其中一種。如果將這些敬體都拿掉，剩下的就是句子最原本的模樣，也就是「常體」又稱「普通形」。

　　「敬體」是在和不熟識的平輩、長輩說話時使用；而「常體」則是用在與平輩、熟識的朋友、晚輩溝通時，另外也可以用在沒有特定對象的寫作文章中。

　　「常體」除了可以用在溝通上的變化之外，許多文法上的句型表現，也多半是應用常體做變化，因此接下來將介紹各種常體的變化。

● 敬體與常體比較表：

	敬體	常體
定義	禮貌的說法	一般（較不禮貌）的說法
對象	長輩、不熟識的對象	熟識的對象、平輩、晚輩／寫文章
形式	名詞、形容詞+です 動詞+ます	不使用です、ます
例	学生です （名詞） 美味しいです （い形容詞） 静かです （な形容詞） 書きます （動詞）	学生だ （名詞） 美味しい （い形容詞） 静かだ （な形容詞） 書く （動詞）

 005 **track**

常體(普通形)

説　明

　「常體」即是在與平輩或是較熟識的朋友間談話時所使用的形式，也可稱為「普通形」。動詞、名詞、形容詞，都分成敬體和常體的形式。下面先列出動詞、名詞和形容詞的敬體與常體。名詞、形容詞的敬體和常體形式，在Ｎ５中已經學過；動詞常體的各種變化，則在後面的篇章中介紹。

例　詞

● 名詞

	敬體	常體
非過去	先生です	先生だ
非過去否定	先生ではありません	先生ではない
過去	先生でした	先生だった
過去否定	先生ではありませんでした	先生ではなかった

● い形容詞

	敬體	常體
非過去	おもしろいです	おもしろい
非過去否定	おもしろくないです	おもしろくない
過去	おもしろかったです	おもしろかった
過去否定	おもしろくなかったです	おもしろくなかった

track 跨頁共同導讀 005

● な形容詞

	敬體	常體
非過去	まじめです	まじめだ
非過去否定	まじめではありません／まじめじゃありません	まじめではない／まじめじゃない
過去	まじめでした	まじめだった
過去否定	まじめではありませんでした／まじめじゃありませんでした	まじめではなかった／まじめじゃなかった

● I 類動詞（語幹最後一個字為い、ち、り）

	敬體	常體
非過去	買います	買う
非過去否定	買いません	買わない
過去	買いました	買った
過去否定	買いませんでした	買わなかった

● I 類動詞（語幹最後一個字為み、び、に）

	敬體	常體
非過去	飲みます	飲む
非過去否定	飲みません	飲まない
過去	飲みました	飲んだ
過去否定	飲みませんでした	飲まなかった

005 **track** 跨頁共同導讀

● I類動詞（語幹最後一個字為し）

	敬體	常體
非過去	話します	話す
非過去否定	話しません	話さない
過去	話しました	話した
過去否定	話しませんでした	話さなかった

● I類動詞（語幹最後一個字為き、ぎ）

	敬體	常體
非過去	書きます	書く
非過去否定	書きません	書かない
過去	書きました	書いた
過去否定	書きませんでした	書かなかった

● II類動詞

	敬體	常體
非過去	食べます	食べる
非過去否定	食べません	食べない
過去	食べました	食べた
過去否定	食べませんでした	食べなかった

文法篇

單字篇

track 跨頁共同導讀 005

- Ⅲ類動詞－来ます

	敬體	常體
非過去	来ます	来る
非過去否定	来ません	来ない
過去	来ました	来た
過去否定	来ませんでした	来なかった

- Ⅲ類動詞－します

	敬體	常體
非過去	します	する
非過去否定	しません	しない
過去	しました	した
過去否定	しませんでした	しなかった

track 跨頁共同導讀 005

動詞的分類

說 明

　　日語中的動詞，可以分成三類，分別為Ⅰ類動詞、Ⅱ類動詞和Ⅲ類動詞。這種分法是針對學習日語的外國人而分類的。另外還有一套屬於日本國內教育或是字典上的分類法（五段動詞變化）。為了學習的方便，在本書中是以較簡易的前者為教學內容。無論是學習哪一種動詞分類方法，都能夠完整學習到日語動詞變化，所以不用擔心會有遺漏。

　　而Ⅰ、Ⅱ、Ⅲ類動詞的分法，則是依照動詞**ます**形的主幹來區別。所謂的主幹就是指**ます**之前的文字，比如說：「食(た)べます」的主幹，就是「食(た)べ」。

　　因此，在做動詞的分類時，都要以動詞的敬語基本形－ます形為基準，初學者背誦日語動詞時，以**ます**形背誦不但可以方便做動詞分類，使用起來給人的感覺也較有禮貌。

track 006

Ⅰ類動詞

說 明

　　在日文五十音中，帶有「i」音的稱為「い段音」，也就是「い、き、し、ち、に、ひ、み、り、ぎ、じ、ぢ、び、ぴ」等音。要判斷Ⅰ類動詞，只要看動詞**ます**形的主幹部分（在ます之前的字）最後一個音是「い段」的音，多半就屬於Ⅰ類動詞。

track 跨頁共同導讀 006

以「行きます」這個字為例：

行_いきます

（在主幹的部分，最後一個音是「き」（ki），是屬於「い段音」）

い段音　→ Ｉ類動詞

句　型

い段音：

い、き、し、ち、に、ひ、み、り、ぎ、じ、ぢ、び、ぴ

● 主幹為「い」結尾：

買_かいます　　　（買）

使_{つか}います　　　（使用）

払_{はら}います　　　（付錢）

洗_{あら}います　　　（洗）

歌_{うた}います　　　（唱歌）

会_あいます　　　（會見／碰面）

吸_すいます　　　（吸）

言_いいます　　　（說）

思_{おも}います　　　（想）

● 主幹為「き」結尾：

行_いきます　　　（去）

書_かきます　　　（寫）

聞_ききます　　　（聽／問）

泣_なきます　　　（哭）

働_{はたら}きます　　　（工作）

歩_{ある}きます　　　（走路）

置_おきます　　　（放置）

● 主幹為「ぎ」結尾：

泳_{およ}ぎます　　　（游泳）

脱_ぬぎます　　　（脫）

● 主幹為「し」結尾：

話_{はな}します　　　（說話）

消_けします　　　（消除／關掉）

貸_かします　　　（借出）

返_{かえ}します　　　（返還）

● 主幹為「ち」結尾：

待_まちます　　　（等待）

持_もちます　　　（拿著／持有）

立_たちます　　　（站立）

● 主幹為「に」結尾：

死_しにます　　　（死亡）

文法篇

單字篇

track 跨頁共同導讀 006

● 主幹為「び」結尾：

遊びます　　　（遊玩）

呼びます　　　（呼叫／稱呼）

飛びます　　　（飛）

● 主幹為「み」結尾：

飲みます　　　（喝）

読みます　　　（讀）

休みます　　　（休息）

住みます　　　（居住）

● 主幹為「り」結尾：

作ります　　　（製作）

送ります　　　（送）

売ります　　　（賣）

座ります　　　（坐下）

乗ります　　　（乘坐）

渡ります　　　（渡／橫越）

帰ります　　　（回去）

入ります　　　（進去）

切ります　　　（切）

Ⅱ 類動詞

說　明

　　在五十音中，發音中帶有「e」的音，稱為「え段音」(即「え、け、せ、て、ね、へ、め、れ、げ、ぜ、で、べ、ぺ」)。動詞ます形的主幹(在ます之前的字)中，最後一個字的發音為「え段」音的，則是屬於Ⅱ類動詞。

　　以「食べます」這個字為例：

　　食_たべます

　　（在主幹的部分，最後一個音是「べ」（be），是屬於「え段音」）

　　え段音　→Ⅱ類動詞

　　註：在Ⅱ類動詞中，有部分的主幹是「い段音」結尾，卻仍歸於Ⅱ類動詞中，這些就屬於例外的Ⅱ類動詞，可見本章例詞。

句　型

　　え段音：

　　え、け、せ、て、ね、へ、め、れ、げ、ぜ、で、べ、ぺ

track 007

- 主幹為「え」結尾：
  教える （教導／告訴）
  覚える （記住）

- 主幹為「け」結尾：
  開けます （打開）
  付けます （安裝）
  掛けます （掛）

- 主幹為「げ」結尾：
  上げます （上升）

- 主幹為「め」結尾：
  閉めます （關上）
  始めます （開始）

- 主幹為「れ」結尾：
  忘れます （忘記）
  流れます （流）
  入れます （放入）

- 主幹為「べ」結尾：
  食べます （吃）
  調べます （調查）

- 主幹為「て」結尾：
  捨てます （丟棄）

- 主幹為「で」結尾：
  出ます （出來）

007 **track** 跨頁共同導讀

- 主幹為「せ」結尾：
  - 見_みせます　　　（出示）
  - 知_しらせます　　（告知）

- 主幹為「ね」結尾：
  - 寝_ねます　　　　（睡）

- 例外的Ⅱ類動詞（主幹為い段音）
  - います　　　　　（在）
  - 着_きます　　　　（穿）
  - 飽_あきます　　　　（膩／厭煩）
  - 起_おきます　　　　（起床／起來）
  - 生_いきます　　　　（生存）
  - 過_すぎます　　　　（超過）
  - 信_{しん}じます　　　　（相信）
  - 感_{かん}じます　　　　（感覺）
  - 案_{あん}じます　　　　（思考）
  - 落_おちます　　　　（掉落）
  - 似_にます　　　　　（相似）
  - 煮_にます　　　　　（煮）
  - 見_みます　　　　　（看見）
  - 降_おります　　　　（下車）
  - 借_かります　　　　（借入）
  - できます　　　　（辦得到）
  - 伸_のびます　　　　（延伸）

track 008

Ⅲ 類動詞

說　明

　　Ⅲ類動詞只有兩個動詞需要記憶，分別是「**来ます**」和「**します**」。由於這兩個動詞的變化方法較為特別，因此另外列出來為Ⅲ類動詞。

　　其中「**します**」是「做」的意思，前面可以加上名詞，變成一個完整的動作。比如說「結婚」原本是名詞，加上了「**します**」，就帶有結婚的動詞意義。像這樣以「**します**」結尾的動詞，也都是屬於Ⅲ類動詞。

句　型

　　Ⅲ類動詞動詞：

　　来ます　　　　(來)

　　します　　　　(做)

　　名詞＋**します** (做⋯)

● 名詞＋します

　　べんきょう
　　勉 強 します　　(念書／學習)
　　りょこう
　　旅行します　　　(旅行)
　　けんきゅう
　　研 究 します　　(研究)
　　そうじ
　　掃除します　　　(打掃)
　　せんたく
　　洗濯します　　　(洗衣)
　　しつもん
　　質問します　　　(發問)
　　せつめい
　　說明します　　　(說明)

008 **track** 跨頁共同導讀

<ruby>紹介<rt>しょうかい</rt></ruby>します　（介紹）

<ruby>心配<rt>しんぱい</rt></ruby>します　（擔心）

<ruby>結婚<rt>けっこん</rt></ruby>します　（結婚）

<ruby>準備<rt>じゅんび</rt></ruby>します　（準備）

<ruby>散歩<rt>さんぽ</rt></ruby>します　（散步）

動詞分類表

	Ⅰ類動詞	Ⅱ類動詞	Ⅲ類動詞
定義	語幹的最後一個字屬於「い段音」	語幹的最後一個字屬於「え段音」	来ます します
語幹最後一個字為	い、き、し、ち、に、ひ、み、り、ぎ、じ、ぢ、び、	え、け、せ、て、ね、へ、め、れ、げ、ぜ、で、べ、	
例詞	<ruby>買<rt>か</rt></ruby>います <ruby>書<rt>か</rt></ruby>きます <ruby>泳<rt>およ</rt></ruby>ぎます <ruby>話<rt>はな</rt></ruby>します <ruby>待<rt>ま</rt></ruby>ちます <ruby>死<rt>し</rt></ruby>にます <ruby>遊<rt>あそ</rt></ruby>びます <ruby>飲<rt>の</rt></ruby>みます <ruby>作<rt>つく</rt></ruby>ります	<ruby>教<rt>おし</rt></ruby>えます <ruby>掛<rt>か</rt></ruby>けます <ruby>上<rt>あ</rt></ruby>げます <ruby>忘<rt>わす</rt></ruby>れます <ruby>食<rt>た</rt></ruby>べます <ruby>捨<rt>す</rt></ruby>てます <ruby>出<rt>で</rt></ruby>ます <ruby>見<rt>み</rt></ruby>せます <ruby>寝<rt>ね</rt></ruby>ます います（例外） <ruby>着<rt>き</rt></ruby>ます（例外）	<ruby>来<rt>き</rt></ruby>ます します <ruby>散歩<rt>さんぽ</rt></ruby>します

track 009

辭書形(常體非過去形)

說 明

　　翻過日文字典的人，應該會發現，日文字典裡的單字，動詞的部分都不是以「ます」結尾，而且就算是用 **ます** 形的主幹去查詢，也沒有辦法在字典中找到想要的動詞。這是因為字典中的動詞，都是以「常體非過去形」也就是「辭書形」的形式來呈現的。

例 詞

わかります　　→わかる

食
た
べます　　　→食
た
べる

します　　　　→する

来
き
ます　　　　→来
く
る

 track 010

辭書形－Ⅰ類動詞

說 明

　　Ⅰ類動詞要變成辭書形時，先把表示禮貌的「ます」去掉。再將ます形主幹的最後一個字，從同一行的「い段音」變成「う段音」，就完成了辭書形的變化。

010 **track** 跨頁共同導讀

句　型

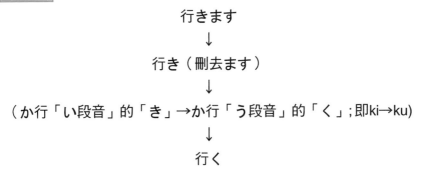

行きます
↓
行き（刪去ます）
↓
（か行「い段音」的「き」→か行「う段音」的「く」；即ki→ku)
↓
行く

例　詞

（「い段音」→「う段音」）

書きます→書く	(ki→ku)
泳ぎます→泳ぐ	(gi→gu)
話します→話す	(shi→su)
立ちます→立つ	(chi→tsu)
呼びます→呼ぶ	(bi→bu)
住みます→住む	(mi→mu)
乗ります→乗る	(ri→ru)
使います→使う	(i→u)

例　句

例 学校へ行きます。（去學校）
↓
学校へ行く。

track 跨頁共同導讀 010

例 プールで泳ぎます。（在游泳池游泳）

↓

プールで泳ぐ。

例 電車に乗ります。（搭火車）

↓

電車に乗る。

track 011

辭書形－Ⅱ類動詞

説明

　　Ⅱ類動詞要變成辭書形，只需要先將動詞ます形的「ます」去掉，剩下主幹的部分後，再加上「る」，即完成了動詞的變化。

句型

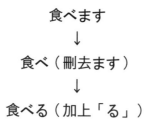

食べます

↓

食べ（刪去ます）

↓

食べる（加上「る」）

011 **track** 跨頁共同導讀

例 詞

（ます→る）

教^{おし}えます→教^{おし}える

掛^かけます→掛^かける

見^みせます→見^みせる

捨^すてます→捨^すてる

始^{はじ}めます→始^{はじ}める

寝^ねます→寝^ねる

出^でます→出^でる

います→いる

着^きます→着^きる

飽^あきます→飽^あきる

起^おきます→起^おきる

生^いきます→生^いきる

過^すぎます→過^すぎる

似^にます→似^にる

見^みます→見^みる

降^おります→降^おりる

できます→できる

track 跨頁共同導讀 011

例 野菜を食べます。（吃蔬菜）
↓
野菜を食べる。

例 電車を降ります。（下火車）
↓
電車を降りる。

例 朝早く起きます。（一大早起床）
↓
朝早く起きる。

track 012

辭書形－Ⅲ類動詞

説 明

　Ⅲ類動詞只有「来ます」和「します」，它們的辭書形分別如下。

来ます→来る（請注意發音）

します→する

名詞加します的動詞，也是相同的變化：
勉強します→勉強する

012 **track** 跨頁共同導讀

例詞

来ます→来る

します→する

勉強します→勉強する

洗濯します→洗濯する

質問します→質問する

説明します→説明する

紹介します→紹介する

心配します→心配する

結婚します→結婚する

例句

例 うちに来ます。（來我家）

↓

うちに来る

例 友達と一緒に勉強します。（和朋友一起念書）

↓

友達と一緒に勉強する。

例 子供のことを心配します。（擔心孩子的事）

↓

子供のことを心配する。

文法篇

單字篇

track 013

ない形(常體非過去否定)

說　明

　　前面學習了常體的非過去形之後，現在要學習常體非過去
的否定形，一般又稱為**ない形**；因此後面的篇章都以「**ない
形**」稱呼。而要將「常體非過去否定」變化成「常體過去否
定」，只要把「**ない**」變成「**なかった**」即可。

例　詞

食べます　（ます形）
食べる　　（辭書形／常體非過去）
食べない　（ない形／常體非過去否定）
食べなかった(常體過去否定)

014 **track**

ない形－Ⅰ類動詞

説明

　　Ⅰ類動詞的**ない**形，是將**ます**形主幹的最後一個音，從同一行的「**い段音**」變成「**あ段音**」，然後再加上「**ない**」。即完成**ない**形的變化。其中需要注意的是，主幹結尾若是「**い**」則要變成「**わ**」。

句型

書きます
↓
書き（刪去ます）
↓
書か
（か行「い段音」的「き」→か行「あ段音」的「か」；即ki→ka)
↓
書かない（加上「ない」）

例詞

　　（「い段音」→「あ段音」＋「ない」　）

書きます→書かない　　（ki→ka）

泳ぎます→泳がない　　（gi→ga）

話します→話さない　　（shi→sa）

立ちます→立たない　　（chi→ta）

呼びます→呼ばない　　（bi→ba）

住みます→住まない　　（mi→ma）

track 跨頁共同導讀 014

乗ります→乗らない　(ri→ra)

使います→使わない　(i→wa)　（特別變化）

例句

例 日本に住みません。（不住日本）
　　↓
日本に住まない。

例 道具を使いません。（不用道具）
　　↓
道具を使わない。

例 友達と話しません。（不和朋友說話）
　　↓
友達と話さない。

track 015

ない形－Ⅱ類動詞

説明

　　Ⅱ類動詞的**ない**形，只要把ます形主幹的部分加上表示否定的「**ない**」，即完成變化。

句型

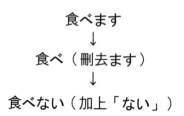

食べます
↓
食べ（刪去ます）
↓
食べない（加上「ない」）

015 **track** 跨頁共同導讀

例　詞

（ます→ない）

教えます→教えない

掛けます→掛けない

見せます→見せない

捨てます→捨てない

始めます→始めない

寝ます→寝ない

出ます→出ない

います→いない

着ます→着ない

飽きます→飽きない

起きます→起きない

生きます→生きない

過ぎます→過ぎない

似ます→似ない

見ます→見ない

降ります→降りない

できます→できない

track 跨頁共同導讀 015

例 句

例 野菜を食べません。（不吃蔬菜）
↓
野菜を食べない。

例 電車を降りません。（不下火車）
↓
電車を降りない。

例 朝早く起きません。（不一大早起床）
↓
朝早く起きない。

 track 016

ない形－Ⅲ類動詞

說 明

　　Ⅲ類動詞的ない形為特殊的變化方式：
　　来ます→来ない　（請注意發音的變化）
　　します→しない

例 詞

　　来ます→来ない

　　します→しない

　　勉強します→勉強しない

016 **track** 跨頁共同導讀

洗濯（せんたく）します→洗濯（せんたく）しない
質問（しつもん）します→質問（しつもん）しない
説明（せつめい）します→説明（せつめい）しない
紹介（しょうかい）します→紹介（しょうかい）しない
心配（しんぱい）します→心配（しんぱい）しない
結婚（けっこん）します→結婚（けっこん）しない

例句

例 うちに来（き）ません。（不來我家）
↓
うちに来（こ）ない。

例 友達（ともだち）と一緒（いっしょ）に勉強（べんきょう）しません。（不和朋友一起念書）
↓
友達（ともだち）と一緒（いっしょ）に勉強（べんきょう）しない。

例 子供（こども）のことを心配（しんぱい）しません。（不擔心孩子的事）
↓
子供（こども）のことを心配（しんぱい）しない。

track 017

使用ない形的表現－表示禁止
～ないでください

說　明

　　「～ないでください」是委婉的禁止，表示請不要做某件事情。

句　型

　　∨ないでください

　　（∨ない：動詞ない形）

例　句

例 タバコを吸わないでください。
ta.ba.ko.o./su.wa.na.i.de./ku.da.sa.i.
請不要吸菸。

例 この機械を使わないでください。
ko.no.ki.ka.i.o./tsu.ka.wa.na.i.de./ku.da.sa.i.
請不要用這台機器。

例 図書館の本にメモしないでください。
to.sho.ka.n.no.ho.n.ni./me.mo.shi.na.i.de./ku.da.sa.i.
請不要在圖書館的書上做記號。

例 寒いので、ドアを開けないでください。
sa.mu.i.no.de./do.a.o./a.ke.na.i.de./ku.da.sa.i.
因為很冷，請不要開門。

例 今日は出かけないでください。
kyo.u.wa./de.ka.ke.na.i.de./ku.da.sa.i.
今天請不要出門。

018 **track**

使用ない形的表現－表示義務
～なければなりません

説 明

「～なければなりません」是表示一定要做某件事情，帶有義務、強制、禁止的意思。

句 型

Ｖなければ＋なりません

（將動詞ない形「Ｖない」變成「Ｖなければ」）

例 句

例 レポートを出さなければなりません。

re.po.o.to.o./da.sa.na.ke.re.ba./na.ri.ma.se.n.

報告不交不行。／一定要交報告。

例 お金を払わなければなりません。

o.ka.ne.o./ha.ra.wa.na.ke.re.ba./na.ri.ma.se.n.

不付錢不行。／一定要付錢。

例 七時に帰らなければなりません。

shi.chi.ji.ni./ka.e.ra.na.ke.re.ba./na.ri.ma.se.n.

七點前不回家不行。／七點一定要回家。

例 掃除しなければなりません。

so.u.ji./shi.na.ke.re.ba./na.ri.ma.se.n.

不打掃不行。／一定要打掃。

例 勉強しなければなりません。

be.n.kyo.u.shi.na.ke.re.ba./na.ri.ma.se.n.

不用功不行。／一定要用功。

track 019

使用ない形的表現－建議 （表示反對）
～ないほうがいいです

説　明

「～ないほうがいいです」是提供對方意見，表示不要這麼做會比較好。

句　型

Ｖない＋ほうがいいです

（Ｖない：動詞ない形）

註：表示建議的句型，還有另一種「Ｖたほうがいいです」，是建議對方最好要做什麼事。可參考下一章た形。

例　句

例 カタカナで書かないほうがいいです。
ka.ta.ka.na.de./ka.ka.na.i.ho.u.ga./i.i.de.su.
最好別用片假名寫。

例 見ないほうがいいです。
mi.na.i.ho.u.ga./i.i.de.su.
最好不要看。

例 名前を書かないほうがいいです。
na.ma.e.o./ka.ka.na.i.ho.u.ga./i.i.de.su.
最好不要寫名字。

例 行かないほうがいいです。
i.ka.na.i.ho.u.ga./i.i.de.su.
最好不要去。

019 **track** 跨頁共同導讀

例 しないほうがいいです。
shi.na.i.ho.u.ga./i.i.de.su.
最好別做。

例 話さないほうがいいです。
ha.na.sa.na.i.ho.u.ga./i.i.de.su.
最好別說。

 020 **track**

た形－Ⅰ類動詞

説明

　　た形又稱為常體過去形，Ⅰ類動詞的た形變化又可依照動詞ます形的主幹最後一個字，分為下列幾種：

　　1.主幹最後一個字為い、ち、り→った
　　2.主幹最後一個字為き、ぎ→いた、いだ
　　3.主幹最後一個字為み、び、に→んだ
　　4.主幹最後一個字為し→した

句型

　　Ⅰ類動詞－主幹最後一個字為い、ち、り→った

買います→買った
払います→払った
歌います→歌った
作ります→作った

track 跨頁共同導讀 020

送ります→送った
売ります→売った
待ちます→待った
持ちます→持った
立ちます→立った
行きます→行った　　（此為特殊變化）

例 句

例 新しい携帯を買いました。（買了新手機）
　↓
　新しい携帯を買った。

例 自分で料理を作りました。（自己做了菜）
　↓
　自分で料理を作った。

例 長く待ちました。（等了很久）
　↓
　長く待った。

句 型

Ⅰ類動詞－主幹最後一個字為き、ぎ→いた、いだ
書きます→書いた
聞きます→聞いた
泣きます→泣いた
歩きます→歩いた

020 **track** 跨頁共同導讀

働（はたら）きます→働（はたら）いた
泳（およ）ぎます→泳（およ）いだ
脱（ぬ）ぎます→脱（ぬ）いだ

例 句

例 小説（しょうせつ）を書（か）きました。（寫了小說）
↓
小説（しょうせつ）を書（か）いた。

例 学校（がっこう）まで歩（ある）きました。（走到學校）
↓
学校（がっこう）まで歩（ある）いた。

例 プールで泳（およ）ぎました。（在泳池游過泳）
↓
プールで泳（およ）いだ。

句 型

Ⅰ類動詞－主幹最後一個字為み、び、に→んだ
飲（の）みます→飲（の）んだ
読（よ）みます→読（よ）んだ
住（す）みます→住（す）んだ
休（やす）みます→休（やす）んだ
飛（と）びます→飛（と）んだ
呼（よ）びます→呼（よ）んだ
遊（あそ）びます→遊（あそ）んだ
死（し）にます→死（し）んだ

track 跨頁共同導讀 020

例 句

例 昨日くすりを飲みました。(昨天吃了藥)
↓
昨日くすりを飲んだ。

例 公園で遊びました。(去公園玩過了)
↓
公園で遊んだ。

例 日本に住みました。(在日本住過)
↓
日本に住んだ。

句 型

Ⅰ類動詞－主幹最後一個字為し→した
話します→話した
消します→消した
貸します→貸した
返します→返した

例 句

例 昨日、友達と話しました。(昨天和朋友說過話)
↓
昨日、友達と話した。

例 電気を消しました。(把燈關了)
↓
電気を消した。

020 **track** 跨頁共同導讀

例 お金を貸しました。(借了錢)
　↓
　お金を貸した。

例 本を返しました。(還了書)
　↓
　本を返した。

021 **track**

た形－Ⅱ類動詞

説　明

　　Ⅱ類動詞要變化成た形，只需要把動詞ます形的主幹後面加上「た」即完成變化。

句　型

食べます
↓
食べ（刪去ます）
↓
食べた（加上「た」）

例　詞

（ます→た）
教えます→教えた
掛けます→掛けた

文法篇

單字篇

track 跨頁共同導讀 021

見せます→見せた

捨てます→捨てた

始めます→始めた

寝ます→寝た

出ます→出た

います→いた

着ます→着た

飽きます→飽きた

起きます→起きた

生きます→生きた

過ぎます→過ぎた

似ます→似た

見ます→見た

降ります→降りた

できます→できた

㊷ 例 句

例 野菜を食べました。（吃過蔬菜了）

↓

野菜を食べた。

例 電車を降りました。（下火車了）

↓

電車を降りた。

021 **track** 跨頁共同導讀

例 朝早く起きました。（一大早就起來了）
↓
朝早く起きた。

022 **track**

た形－Ⅲ類動詞

説 明

　　Ⅲ類動詞為特殊的變化，變化的方法如下：

来ます→来た

します→した

勉強します→勉強した

例 詞

来ます→来た

します→した

勉強します→勉強した

洗濯します→洗濯した

質問します→質問した

説明します→説明した

紹介します→紹介した

心配します→心配した

結婚します→結婚した

track 跨頁共同導讀 022

㉕句

㉕うちに来ました。（來我家了）
↓

うちに来た。

㉕友達と一緒に勉強しました。（和朋友一起念過書了）
↓

友達と一緒に勉強した。

㉕子供のことを心配しました。（擔心過孩子的事了）
↓

子供のことを心配した。

**track** 023

なかった形－常體過去否定形

說　明

　　在前面學到了，常體非過去的否定形，字尾都是用「ない」的方式表現。

　　「ない」是屬於「い形容詞」。在形容詞中學過「い形容詞」的過去式，因此「ない」的過去式就是「なかった」。

　　而常體過去形的否定，則只需要將常體過去形的字尾的「ない」改成「なかった」即可。

023 **track** 跨頁共同導讀

句　型

書かない
↓
（去掉字尾的い，加上かった）
↓
書かなかった

例　詞

（Ⅰ類動詞）

行<ruby>い</ruby>かない→行<ruby>い</ruby>かなかった

働<ruby>はたら</ruby>かない→働<ruby>はたら</ruby>かなかった

泳<ruby>およ</ruby>がない→泳<ruby>およ</ruby>がなかった

話<ruby>はな</ruby>さない→話<ruby>はな</ruby>さなかった

待<ruby>ま</ruby>たない→待<ruby>ま</ruby>たなかった

死<ruby>し</ruby>なない→死<ruby>し</ruby>ななかった

呼<ruby>よ</ruby>ばない→呼<ruby>よ</ruby>ばなかった

飲<ruby>の</ruby>まない→飲<ruby>の</ruby>まなかった

作<ruby>つく</ruby>らない→作<ruby>つく</ruby>らなかった

買<ruby>か</ruby>わない→買<ruby>か</ruby>わなかった

洗<ruby>あら</ruby>わない→洗<ruby>あら</ruby>わなかった

（Ⅱ類動詞）

食<ruby>た</ruby>べない→食<ruby>た</ruby>べなかった

開<ruby>ひら</ruby>けない→開<ruby>ひら</ruby>けなかった

文法篇

單字篇

track 跨頁共同導讀 023

降りない→降りなかった

借りない→借りなかった

見ない→見なかった

着ない→着なかった

（Ⅲ類動詞）

来ない→来なかった

しない→しなかった

勉強しない→勉強しなかった

例 句

例 昨日、手紙を書きませんでした。（昨天沒有寫信）

↓

昨日、手紙を書かなかった。

例 昨日、家を出ませんでした。（昨天沒有出門）

↓

昨日、家を出なかった。

例 昨日、私は質問しませんでした。（昨天我沒問問題）

↓

昨日、私は質問しなかった。

文法篇

單字篇

024 **track**

動詞た形、なかった形總覽

	ます形	た形	なかった形
Ⅰ類動詞	買います	買った	買わなかった
	書きます	書いた	書かなかった
	飲みます	飲んだ	飲まなかった
	話します	話した	話さなかった
Ⅱ類動詞	教えます	教えた	教えなかった
Ⅲ類動詞	来ます	来た	来なかった
	します	した	しなかった
	勉強します	勉強した	勉強しなかった

025 **track**

使用た形的表現－表示經驗
～たことがあります

説　明

　　「～たことがあります」是表示曾經做過某件事情，用來表示經歷。

句　型

　　Ｖた＋ことがあります

track 跨頁共同導讀 025

例 句

例 日本へ行った事がありますか。
ni.ho.n.e./i.tta.ko.to.ga./a.ri.ma.su.ka.
去過日本嗎？

例 サメを見た事があります。
sa.me.o./mi.ta.ko.to.ga./a.ri.ma.su.
看過鯊魚。

例 この本を読んだ事があります。
ko.no.ho.n.o./yo.n.da.ko.to.ga./a.ri.ma.su.
讀過這本書。

例 手紙を書いた事がありますか。
te.ga.mi.o./ka.i.ta.ko.to.ga./a.ri.ma.su.ka.
寫過信嗎？

例 日本語で話した事があります。
ni.ho.n.go.de./ha.na.shi.ta.ko.to.ga./a.ri.ma.su.
用日文講過話。

 track 026

使用た形的表現－建議
～たほうがいいです

說 明

　　「～たほうがいいです」是提供對方意見，表示這麼做會比較好。

026 **track** 跨頁共同導讀

句型

Vた＋ほうがいいです

（Vた：動詞た形）

　註：表示建議的句型，還有另一種「Vないほうがいいです」，是建議對方最好不要做什麼事。可參考ない形句型。

例句

例 カタカナで書いたほうがいいです。
ka.ta.ka.na.de./ka.i.ta.ho.u.ga./i.i.de.su.
最好用片假名寫。

例 傘を持っていったほうがいいです。
ka.sa.o./mo.tte./i.tta.ho.u.ga./i.i.de.su.
最好帶傘去。

例 名前を書いたほうがいいです。
na.ma.e.o./ka.i.ta./ho.u.ga./i.i.de.su.
最好寫上名字。

例 もっと勉強したほうがいいです。
mo.tto./be.n.kyo.u.shi.ta./ho.u.ga.i.i.de.su.
最好多用功點。

例 そうしたほうがいいです。
so.u.shi.ta./ho.u.ga.i.i.de.su.
這麼做最好。

例 早く休んだほうがいいです。
ha.ya.ku./ya.su.n.da./ho.u.ga./i.i.de.su.
早點休息比較好。

track 027

使用た形的表現－舉例
～たり～たりしました

説　明

「～たり～たりする」是表示做做這個、做做那個。並非同時進行，也並非有固定的順序，而是從自己做過的事情當中，挑選幾樣說出來。

句　型

　　Ｖ１たり＋Ｖ２たり＋します。

　　（Ｖ１た、Ｖ２た：動詞た形）

例　句

例 日曜日は寝たり食べたりしました。
ni.chi.yo.u.bi.wa./ne.ta.ri./ta.be.ta.ri./shi.ma.shi.ta.
星期日在吃吃睡睡中度過。

例 今日は本を読んだり絵を描いたりしました。
kyo.u.wa./ho.n.o./yo.n.da.ri./e.o./ka.i.ta.ri./shi.ma.shi.ta.
今天念了書、畫了畫。

例 朝は洗濯したり散歩したりします。
a.sa.wa./se.n.ta.ku.shi.ta.ri./sa.n.po.shi.ta.ri./shi.ma.su.
早上洗衣服、散步。

例 休日は友達に会ったり音楽を聴いたりします。
kyu.u.ji.tsu.wa./to.mo.da.chi.ni./a.tta.ri./o.n.ga.ku.o./ki.i.ta.ri./shi.ma.su.
假日會和朋友見面、聽聽音樂。

027 **track** 跨頁共同導讀

例 毎日アニメを見たり漫画を読んだりします。
ma.i.ni.chi./a.ni.me.o./mi.ta.ri./ma.n.ga.o./yo.n.da.ri./shi.ma.su.
每天看看卡通，看看漫畫。

例 毎日掃除したりご飯を作ったりします。
ma.i.ni.chi./so.u.ji.shi.ta.ri./go.ha.n.o./tsu.ku.tta.ri./shi.ma.su.
每天打掃、作飯。

028 **track**

て形－Ⅰ類動詞

説 明

　　て形是屬於接續的用法，Ⅰ類動詞的て形變化又可依照動詞ます形的主幹最後一個字，分為下列幾種：

　　1. 主幹最後一個字為い、ち、り→って
　　2. 主幹最後一個字為き、ぎ→いて、いで
　　3. 主幹最後一個字為み、び、に→んで
　　4. 主幹最後一個字為し→して

句 型

　　主幹最後一個字為い、ち、り→って

例 詞

買います→買って
払います→払って
歌います→歌って
作ります→作って
送ります→送って

track 跨頁共同導讀 028

売<ruby>う</ruby>ります→売<ruby>う</ruby>って

待<ruby>ま</ruby>ちます→待<ruby>ま</ruby>って

持<ruby>も</ruby>ちます→持<ruby>も</ruby>って

立<ruby>た</ruby>ちます→立<ruby>た</ruby>って

行<ruby>い</ruby>きます→行<ruby>い</ruby>って　　（此為特殊變化）

句　型

　　主幹最後一個字為き、ぎ→いて、いで

例　詞

書<ruby>か</ruby>きます→書<ruby>か</ruby>いて

聞<ruby>き</ruby>きます→聞<ruby>き</ruby>いて

泣<ruby>な</ruby>きます→泣<ruby>な</ruby>いて

歩<ruby>ある</ruby>きます→歩<ruby>ある</ruby>いて

働<ruby>はたら</ruby>きます→働<ruby>はたら</ruby>いて

泳<ruby>およ</ruby>ぎます→泳<ruby>およ</ruby>いで

脱<ruby>ぬ</ruby>ぎます→脱<ruby>ぬ</ruby>いで

句　型

　　主幹最後一個字為み、び、に→んで

例　詞

飲<ruby>の</ruby>みます→飲<ruby>の</ruby>んで

読<ruby>よ</ruby>みます→読<ruby>よ</ruby>んで

住<ruby>す</ruby>みます→住<ruby>す</ruby>んで

休<ruby>やす</ruby>みます→休<ruby>やす</ruby>んで

飛<ruby>と</ruby>びます→飛<ruby>と</ruby>んで
呼<ruby>よ</ruby>びます→呼<ruby>よ</ruby>んで
遊<ruby>あそ</ruby>びます→遊<ruby>あそ</ruby>んで
死<ruby>し</ruby>にます→死<ruby>し</ruby>んで

| 句 型 |

主幹最後一個字為し→して

| 例 詞 |

話<ruby>はな</ruby>します→話<ruby>はな</ruby>して
消<ruby>け</ruby>します→消<ruby>け</ruby>して
貸<ruby>か</ruby>します→貸<ruby>か</ruby>して
返<ruby>かえ</ruby>します→返<ruby>かえ</ruby>して

029 **track**

て形－Ⅱ類動詞

| 說 明 |

　　Ⅱ類動詞要變化成て形，只需要把動詞ます形的主幹後面加上「て」即完成變化。

| 句 型 |

食べます

↓

食べ（刪去ます）

↓

食べて（加上「て」）

文法篇

單字篇

track 跨頁共同導讀 029

例　詞

（ます→て）

教<ruby>教<rt>おし</rt></ruby>えます→教<ruby>教<rt>おし</rt></ruby>えて

掛<ruby>掛<rt>か</rt></ruby>けます→掛<ruby>掛<rt>か</rt></ruby>けて

見<ruby>見<rt>み</rt></ruby>せます→見<ruby>見<rt>み</rt></ruby>せて

始<ruby>始<rt>はじ</rt></ruby>めます→始<ruby>始<rt>はじ</rt></ruby>めて

寝<ruby>寝<rt>ね</rt></ruby>ます→寝<ruby>寝<rt>ね</rt></ruby>て

出<ruby>出<rt>で</rt></ruby>ます→出<ruby>出<rt>で</rt></ruby>て

います→いて

着<ruby>着<rt>き</rt></ruby>ます→着<ruby>着<rt>き</rt></ruby>て

飽<ruby>飽<rt>あ</rt></ruby>きます→飽<ruby>飽<rt>あ</rt></ruby>きて

起<ruby>起<rt>お</rt></ruby>きます→起<ruby>起<rt>お</rt></ruby>きて

生<ruby>生<rt>い</rt></ruby>きます→生<ruby>生<rt>い</rt></ruby>きて

過<ruby>過<rt>す</rt></ruby>ぎます→過<ruby>過<rt>す</rt></ruby>ぎて

似<ruby>似<rt>に</rt></ruby>ます→似<ruby>似<rt>に</rt></ruby>て

見<ruby>見<rt>み</rt></ruby>ます→見<ruby>見<rt>み</rt></ruby>て

降<ruby>降<rt>お</rt></ruby>ります→降<ruby>降<rt>お</rt></ruby>りて

できます→できて

030 **track**

て形－Ⅲ類動詞

說 明

Ⅲ類動詞為特殊的變化，變化的方法如下：

来_きます→来_きて

します→して

勉強_{べんきょう}します→勉強_{べんきょう}して

例 詞

来_きます→来_きて

します→して

勉強_{べんきょう}します→勉強_{べんきょう}して

洗濯_{せんたく}します→洗濯_{せんたく}して

質問_{しつもん}します→質問_{しつもん}して

説明_{せつめい}します→説明_{せつめい}して

紹介_{しょうかい}します→紹介_{しょうかい}して

心配_{しんぱい}します→心配_{しんぱい}して

結婚_{けっこん}します→結婚_{けっこん}して

track 031

動詞て形總覽

	ます形	て形
I 類動詞	買います 書きます 飲みます 話します	買って 書いて 飲んで 話して
II 類動詞	教えます	教えて
III 類動詞	来ます します 勉強します	来て して 勉強して

（註：て形、た形的變化方式相同）

track 032

使用て形的表現－表示動作的先後順序（1）

Ｖ１て＋Ｖ２ます

說　明

表示動作先後的句型是：

Ｖ１て＋Ｖ２ます

（Ｖ１て：先進行的動作て形 ／ Ｖ２：後進行的動作）

032 **track** 跨頁共同導讀

在上述的句型中, V1是表示先進行的動作, 完成了V1之後, 才進行V2這個動作。若是有三個以上的動作, 則依照順序, 把每個動詞都變成て形, 最後一個動詞表示時態即可, 例如：

ご飯を食べて、歯を磨いて、シャワーを浴びて、着替えて、それから寝ます。

（吃完飯後刷牙, 然後洗澡、換衣服之後去睡覺）

句　型

Ｖ１て＋Ｖ２ます

（Ｖ１て：先進行的動作て形　／　Ｖ２：後進行的動作）

例　句

例 ご飯を食べて、お皿を洗いました。

go.ha.n.o./ta.be.te./o.sa.ra.o./a.ra.i.ma.shi.ta.

吃完飯後，洗碗。

例 手を洗って、ケーキを食べました。

te.o.a.ra.tte./ke.e.ki.o./ta.be.ma.shi.ta.

洗完手後，吃蛋糕。

例 手を上げて、質問します。

te.o.a.ge.te./shi.tsu.mo.n.shi.ma.su.

舉手後發問。

例 バスに乗って、会社へ行きます。

ba.su.ni.no.tte./ka.i.sha.e./i.ki.ma.su.

坐上公車，前往公司。

例 本を読んで、寝ます。

ho.n.o./yo.n.de./ne.ma.su.

讀完書後睡覺。

track 033

使用て形的表現－表示先後順序（2）

～てから

說　明

　　「～てから」是表示動作的完成，後面要再加接下去的另一個動作。

句　型

　　Ｖ１てから＋Ｖ２ます

　　（Ｖ１て：動詞て形／Ｖ２：接下去的動作）

例　句

例 電話をかけてから、出かけます。
de.n.wa.o./ka.ke.te.ka.ra./de.ka.ke.ma.su.
打完電話後，就出門。

例 本を読んでから、作ります。
ho.n.o./yo.n.de.ka.ra./tsu.ku.ri.ma.su.
看完書後就開始做。

例 仕事が終わってから、ご飯を食べます。
shi.go.to.ga./o.wa.tte.ka.ra./go.ha.n.o./ta.be.ma.su.
工作完成後就吃飯。

例 電気を消してから、出かけます。
de.n.ki.o./ke.shi.te.ka.ra./de.ka.ke.ma.su.
關掉電燈後就出門。

 034 **track**

使用て形的表現－狀態的持續
～ています

說 明

「～ています」是表示動作持續或是目前處於的狀態。

句 型

Ｖて＋います

（Ｖて：動詞て形）

例 句

例 木村さんは結婚しています。
ki.mu.ra.sa.n.wa./ke.kko.n.shi.te./i.ma.su.
木村先生（小姐）已婚。

例 赤ちゃんは寝ています。
a.ka.cha.n.wa./ne.te.i.ma.su.
小寶寶正在睡覺。

例 学生は先生と話しています。
ga.ku.se.i.wa./se.n.se.i.to./ha.na.shi.te./i.ma.su.
學生正在和老師講話。

例 彼女は友達を待っています。
ka.no.jo.wa./to.mo.da.chi.o./ma.tte./i.ma.su.
她正在等朋友。

track 035

使用て形的表現－要求
～てください

說　明

「～てください」是表示請求、要求的意思。

句　型

Ｖて＋ください

（Ｖて：動詞て形）

例　句

例 ここに記入してください。

ko.ko.ni./ki.nyu.u.shi.te./ku.da.sa.i.

請在這裡填入。

例 ドアを開けてください。

do.a.o./a.ke.te./ku.da.sa.i.

請打開門。

例 教えてください。

o.shi.e.te./ku.da.sa.i.

請教我。／請告訴我。

例 私の話を聞いてください。

wa.ta.shi.no./ha.na.shi.o./ki.i.te./ku.da.sa.i.

請聽我說。

例 早く寝てください。

ha.ya.ku./ne.te./ku.da.sa.i.

請早點睡。

036 **track**

使用て形的表現－請求許可
～てもいいですか

説　明

「～てもいいですか」的意思是詢問可不可以做什麼事情。

句　型

Ⅴて＋もいいですか

（Ⅴて：動詞て形）

例　句

例 タバコを吸ってもいいですか。
ta.ba.ko.o./su.tte.mo./i.i.de.su.ka.
可以吸菸嗎？

例 ここに座ってもいいですか。
ko.ko.ni./su.wa.tte.mo./i.i.de.su.ka.
可以坐在這裡嗎？

例 写真をとってもいいですか。
sha.shi.n.o./to.tte.mo./i.i.de.su.ka.
可以讓我拍照嗎？

例 トイレに行ってもいいですか。
to.i.re.ni./i.tte.mo./i.i.de.su.ka.
可以去洗手間嗎？

例 質問してもいいですか。
shi.tsu.mo.n.shi.te.mo./i.i.de.su.ka.
可以發問嗎？

track 跨頁共同導讀 036

例 テレビを見てもいいですか。

te.re.bi.o./mi.te.mo./i.i.de.su.ka.

可以看電視嗎？

例 ここで降りてもいいですか。

ko.ko.de./o.ri.te.mo./i.i.de.su.ka.

可以在這裡下車嗎？

例 試着してもいいですか。

shi.cha.ku.shi.te.mo./i.i.de.su.ka.

請問可以試穿嗎？

例 ドアを開けてもいいですか。

do.a.o.a.ke.te.mo./i.i.de.su.ka.

可以把門打開嗎？

例 ちょっと見てもいいですか。

cho.tto.mi.te.mo./i.i.de.su.ka.

可以看一下嗎？

 037 **track**

使用て形的表現－禁止
～てはいけません

説 明

「～てはいけません」是表示強烈的禁止，說明不能做某個動作。

句 型

Ｖて＋はいけません

（Ｖて：動詞て形）

例 句

例 休んではいけません。
ya.su.n.de.wa./i.ke.ma.se.n.
不能休息。

例 漫画を読んではいけません。
ma.n.ga.o./yo.n.de.wa./i.ke.ma.se.n.
不可以看漫畫。

例 お酒を飲んではいけません。
o.sa.ke.o./no.n.de.wa./i.ke.ma.se.n.
不可以喝酒。

例 カンニングしてはいけません。
ka.n.ni.n.gu./shi.te.wa./i.ke.ma.se.n.
不可以作弊。

例 パソコンを使ってはいけません。
pa.so.ko.n.o./tsu.ka.tte.wa./i.ke.ma.se.n.
不可以用電腦。

文法篇

單字篇

track 038

使用て形的表現－希望
～てほしいです

說　明

　　「～てほしいです」是表示希望別人做某件事情，可以用在要求或是表示希望的場合。

句　型

　　Ｖて＋ほしいです

　　（Ｖて：動詞て形）

例　句

例 大きい声で歌ってほしいです。
o.o.ki.i.ko.e.de./u.ta.tte./ho.shi.i.de.su.
希望對方大聲的唱。

例 早く起きてほしいです。
ha.ya.ku./o.ki.te./ho.shi.i.de.su.
希望對方早點起床。

例 社員がもっとインターネットを使ってほしいです。
sha.i.n.ga./mo.tto./i.n.ta.a.ne.tto.o./tsu.ka.tte./ho.shi.i.de.su.
希望職員能多利用網路。

例 子犬がもっと食べてほしいです。
ko.i.nu.ga./mo.tto./ta.be.te./ho.shi.i.de.su.
希望小狗多吃點。

例 立ってほしいです。
ta.tte./ho.shi.i.de.su.
希望對方站起來。

038 **track** 跨頁共同導讀

例 ちゃんと練習してほしいです。
cha.n.to./re.n.shu.u.shi.te./ho.shi.i.de.su.
希望對方好好練習。

039 **track**

使用て形的表現－表示狀態
～てあります

說　明

　　「～てあります」的句型，是表示物體狀態的意思，通常都是使用他動詞。

句　型

　　Ｖて＋あります

　　（Ｖて：動詞て形）

例　句

例 壁に絵が掛けてあります。
ka.be.ni./e.ga./ka.ke.te./a.ri.ma.su.
牆上掛著畫。

例 部屋にポスターが張ってあります。
he.ya.ni./po.su.ta.a.ga./ha.tte./a.ri.ma.su.
房間裡貼著海報。

例 このノートには名前が書いてあります。
ko.no.no.o.to.ni.wa./na.ma.e.ga./ka.i.te./a.ri.ma.su.
這本筆記本寫著名字。

track 跨頁共同導讀 039

例 ホワイトボードに私の似顔絵が描いてあります。

ho.wa.i.to.bo.o.do.ni./wa.ta.shi.no./ni.ga.o.e.ga./ka.i.te./a.ri.ma.su.

白板上畫著我的肖像畫。

例 教室にカメラが設置してあります。

kyo.u.shi.tsu.ni./ka.me.ra.ga./se.cchi.shi.te./a.ri.ma.su.

教室裡架設著相機。

例 机の上に鉢植が飾ってあります。

tsu.ku.e.no.u.e.ni./ha.chi.u.e.ga./ka.za.tte./a.ri.ma.su.

桌上裝飾著盆栽。

 track 040

使用て形的表現－預先完成
～ておきます

說明

「～ておきます」是表示預先做好某件事情的意思。

句型

Ｖて＋おきます

（Ｖて：動詞て形）

例句

例 冷蔵庫に麦茶を冷やしておきました。

re.i.zo.u.ko.ni./mu.gi.cha.o./hi.ya.shi.te./o.ki.ma.shi.ta.

已經先把麥茶冰在冰箱了。

040 **track** 跨頁共同導讀

例 荷物を詰め込んでおきました。
ni.mo.tsu.o./tsu.me.ko.n.de./o.ki.ma.shi.ta.
已經把行李塞好了。

例 エアコンをつけておきます。
e.a.ko.no./tsu.ke.te./o.ki.ma.su.
先把冷氣開著。

例 資料を机の上に置いておいてください。
shi.ryo.u.o./tsu.ku.e.no./u.e.ni./o.i.te./o.i.te./ku.da.sa.i.
資料請先放在桌上。

例 データを入力しておきます。
de.e.ta.o./nyu.u.ryo.ku.shi.te./o.ki.ma.su.
資料預先輸入完成。

例 文書をコピーしておきます。
bu.n.sho.o./ko.pi.i.shi.te./o.ki.ma.su.
書面資料事先影印好。

track 041

使用て形的表現－嘗試
～てみます

說　明

　　「～てみます」是表示試著去做某件事的意思，就像是中文裡會說的「試試看」「吃吃看」「寫寫看」的意思。

句　型

　　Ｖて＋みます

　　（Ｖて：動詞て形）

例　句

例　日本へ行ってみます。
ni.ho.n.e./i.tte.mi.ma.su.
去日本看看。

例　挑戦してみます。
cho.u.se.n.shi.te./mi.ma.su.
挑戰看看。

例　是非食べてみてください。
ze.hi./ta.be.te./mi.te./ku.da.sa.i.
請務必吃吃看。

例　一度料理を作ってみたいです。
i.chi.do./ryo.u.ri.o./tsu.ku.tte./mi.ta.i.de.su.
試著做一次菜。

例　自分で服を作ってみました。
ji.bu.n.de./fu.ku.o./tsu.ku.tte./mi.ma.shi.ta.
試著自己做衣服。

041 **track** 跨頁共同導讀

例 空を飛んでみたいです。
so.ra.o./to.n.de.mi.ta.i.de.su.
想在天空飛看看。

例 参加してみます。
sa.n.ka.shi.te.mi.ma.su.
參加看看。

例 体験してみます。
ta.i.ke.n.shi.te.mi.ma.su.
體驗看看。

042 **track**

使用て形的表現－動作完成／不小心
～てしまいました

説明

「～てしまいました」是表示完成了某件事情，或是表示不小心做了某件不該做的事情。

句型

Ｖて＋しまいます

（Ｖて：動詞て形）

例句

例 この本を全部読んでしまいました。
ko.no.ho.n.o./ze.n.bu./yo.n.de./shi.ma.i.ma.shi.ta.
讀完這本書了。

track 跨頁共同導讀 042

例 彼は私のケーキを食べてしまいました。

ke.re.wa./wa.ta.shi.no./ke.e.ki.o./ta.be.te./shi.ma.i.ma.shi.ta.

他把我的蛋糕吃掉了。

例 大きい声で歌ってしまいました。

o.o.ki.i./ko.e.de./u.ta.tte./shi.ma.i.ma.shi.ta.

不小心大聲的唱出來。

例 コピー機が壊れてしまいました。

ko.pi.i.ki.ga./ko.wa.re.te./shi.ma.i.ma.shi.ta.

影印機竟然壞了。

例 つい食べてしまいました。

tsu.i./ta.be.te./shi.ma.i.ma.shi.ta.

不小心吃了。

例 人の悪口を言ってしまいました。

hi.to.no./wa.ru.gu.chi.o./i.tte./shi.ma.i.ma.shi.ta.

不小心說了別人的壞話。

例 せっかくの料理が冷めてしまいました。

se.kka.ku.no.ryo.u.ri.ga./sa.me.te.shi.ma.i.ma.shi.ta.

特地做的餐點都冷了啦！

例 せっかくのプレゼン、台無しにしてしまいました。

se.kka.ku.no.pu.re.ze.n./da.i.na.shi.ni.shi.te./shi.ma.i.ma.shi.ta.

這麼重要的簡報，竟然被搞砸了。

（台なし：前功盡棄、毀於一旦）

042 **track** 跨頁共同導讀

意向形

說 明

　　意向形又稱為「意志形」或「意量形」，是在表示自己本身的「意志」「意願」時所使用的形式。變化的形式可以分為：

　　1. 意向形－Ⅰ類動詞

　　2. 意向形－Ⅱ類動詞

　　3. 意向形－Ⅲ類動詞

043 **track**

意向形－Ⅰ類動詞

說 明

　　Ⅰ類動詞的意向形，是將動詞**ます**形主幹的最後一個字，從「**い**段音」變為「**お**段音」，然後再加上「**う**」。

句 型

書きます

↓

書き（刪去ます）

↓

書こ

（か行「い段音」的「き」→か行「お段音」的「こ」；即ki→ko)

↓

track 跨頁共同導讀 043

書こう（加上「う」）
（完成意向形）

例　詞

（「い段音」→「お段音」＋「う」）

書<ruby>か<rt>か</rt></ruby>きます→書<ruby>か<rt>か</rt></ruby>こう

泳<ruby>およ<rt>およ</rt></ruby>ぎます→泳<ruby>およ<rt>およ</rt></ruby>ごう

話<ruby>はな<rt>はな</rt></ruby>します→話<ruby>はな<rt>はな</rt></ruby>そう

立<ruby>た<rt>た</rt></ruby>ちます→立<ruby>た<rt>た</rt></ruby>とう

呼<ruby>よ<rt>よ</rt></ruby>びます→呼<ruby>よ<rt>よ</rt></ruby>ぼう

住<ruby>す<rt>す</rt></ruby>みます→住<ruby>す<rt>す</rt></ruby>もう

乗<ruby>の<rt>の</rt></ruby>ります→乗<ruby>の<rt>の</rt></ruby>ろう

使<ruby>つか<rt>つか</rt></ruby>います→使<ruby>つか<rt>つか</rt></ruby>おう

例　句

例 学校<ruby>がっこう<rt>がっこう</rt></ruby>へ行<ruby>い<rt>い</rt></ruby>きます。（去學校）

↓

学校<ruby>がっこう<rt>がっこう</rt></ruby>へ行<ruby>い<rt>い</rt></ruby>こう。

（打算去學校／去學校吧）

例 プールで泳<ruby>およ<rt>およ</rt></ruby>ぎます。（在游泳池游泳）

↓

プールで泳<ruby>およ<rt>およ</rt></ruby>ごう。

（打算在游泳池游泳／去游泳池游泳吧）

043 **track** 跨頁共同導讀

例 電車に乗ります。（坐火車）

↓

電車に乗ろう。

（打算坐火車／去做火車吧）

044 **track**

意向形－Ⅱ類動詞

説明

　　Ⅱ類動詞的意向形，只要將動詞的**ます**去掉，再加上「よう」即完成變化。

句型

食べます

↓

食べ（刪去ます）

↓

食べよう(加上「よう」)

例詞

（ます→よう）

教えます→教えよう

掛けます→掛けよう

見せます→見せよう

捨てます→捨てよう

始めます→始めよう

track 跨頁共同導讀 044

寝_ねます→寝_ねよう

出_でます→出_でよう

います→いよう

着_きます→着_きよう

飽_あきます→飽_あきよう

起_おきます→起_おきよう

生_いきます→生_いきよう

過_すぎます→過_すぎよう

見_みます→見_みよう

降_おります→降_おりよう

例 句

例 野菜_{やさい}を食_たべます。（吃蔬菜）
↓
野菜_{やさい}を食_たべよう。

（打算吃蔬菜／吃蔬菜吧）

例 電車_{でんしゃ}を降_おります。（下火車）
↓
電車_{でんしゃ}を降_おりよう。

（打算下火車／下火車吧）

例 朝早_{あさはや}く起_おきます。（一大早起床）
↓
朝早_{あさはや}く起_おきよう。

（打算早起／一起早起吧）

045 **track**

意向形－Ⅲ類動詞

說　明

　　Ⅲ類動詞的意向形變化方法如下：

来<ruby>来<rt>き</rt></ruby>ます→<ruby>来<rt>こ</rt></ruby>よう　　（請注意發音）

します→しよう

<ruby>勉強<rt>べんきょう</rt></ruby>します→<ruby>勉強<rt>べんきょう</rt></ruby>しよう

例　詞

<ruby>来<rt>き</rt></ruby>ます→<ruby>来<rt>こ</rt></ruby>よう

します→しよう

<ruby>勉強<rt>べんきょう</rt></ruby>します→<ruby>勉強<rt>べんきょう</rt></ruby>しよう

<ruby>洗濯<rt>せんたく</rt></ruby>します→<ruby>洗濯<rt>せんたく</rt></ruby>しよう

<ruby>質問<rt>しつもん</rt></ruby>します→<ruby>質問<rt>しつもん</rt></ruby>しよう

<ruby>説明<rt>せつめい</rt></ruby>します→<ruby>説明<rt>せつめい</rt></ruby>しよう

<ruby>紹介<rt>しょうかい</rt></ruby>します→<ruby>紹介<rt>しょうかい</rt></ruby>しよう

<ruby>結婚<rt>けっこん</rt></ruby>します→<ruby>結婚<rt>けっこん</rt></ruby>しよう

<ruby>運動<rt>うんどう</rt></ruby>します→<ruby>運動<rt>うんどう</rt></ruby>しよう

<ruby>参加<rt>さんか</rt></ruby>します→<ruby>参加<rt>さんか</rt></ruby>しよう

<ruby>旅行<rt>りょこう</rt></ruby>します→<ruby>旅行<rt>りょこう</rt></ruby>しよう

<ruby>案内<rt>あんない</rt></ruby>します→<ruby>案内<rt>あんない</rt></ruby>しよう

<ruby>食事<rt>しょくじ</rt></ruby>します→<ruby>食事<rt>しょくじ</rt></ruby>しよう

<ruby>買<rt>か</rt></ruby>い<ruby>物<rt>もの</rt></ruby>します→<ruby>買<rt>か</rt></ruby>い<ruby>物<rt>もの</rt></ruby>しよう

track 跨頁共同導讀 045

例 句

例 うちに来ます。（來我家）

↓

うちに来よう

（來我家吧）

例 一緒に勉強します。（一起念書）

↓

一緒に勉強しよう。

（打算一起念書／一起念書吧）

例 街を案内します。（介紹附近的街道）

↓

街を案内しよう。

（打算介紹附近的街道／我為你介紹附近的街道吧）

文法篇

單字篇

意向形總覽

	ます形	意向形	變化方式
I類動詞	書きます	書こう	「い段」變為「お段」＋「う」
II類動詞	食べます	食べよう	去掉「ます」＋「よう」
III類動詞	来ます します	来よう しよう	去掉「ます」＋「よう」 去掉「ます」＋「よう」

使用意向形的表現－表示邀請、意志

說 明

　　意向形除了可以用在表示自己的意志行動外，也可以用來表示請對方一起動作的意思。

　　我們曾經學過「休みましょうか」這樣的句型，意思是邀約對方「要不要一起休息？」之意，也就是請對方共同做某件事情時所使用的句型。而這樣的句型，如果要改成朋友之間「常體」的說法，就是用「意向形」的「休もう」來表示。

句 型

　　敬體：休みましょうか

　　常體：休もう

track 跨頁共同導讀 047

例 句

例 ワインを飲みましょうか。
wa.i.n.o./no.mi.ma.sho.u.ka.
喝杯葡萄酒吧？

例 ワインを飲もうか。
wa.i.n.o./no.mo.u.ka.
喝杯葡萄酒吧？

例 ワインを飲もう。
wa.i.n.o./no.mo.u.
喝葡萄酒吧！

例 句

例 じゃあ、帰りましょうか。
ja.a./ka.e.ri.ma.sho.u.ka.
那麼，要回去了嗎？／那麼，回去吧！

例 じゃあ、帰ろうか。
ja.a./ka.e.ro.u.ka.
那麼，要回去了嗎？

例 じゃあ、帰ろう。
ja.a./ka.e.ro.u.
那麼，回去吧！

例 句

例 さあ、食べましょう。
sa.a./ta.be.ma.sho.u.
那麼，開動吧！

047 **track** 跨頁共同導讀

例 さあ、食べようか。

sa.a./ta.be.yo.u.ka.

那麼，開動吧！／那麼，要開動了嗎？

例 さあ、食べよう。

sa.a./ta.be.yo.u.

那麼，開動吧！

048 **track**

使用意向形的表現－嘗試要

意向形＋としましたが

說 明

「意向形」＋「としました」，是表示「試著去做某件事」之意。通常使用這種句型時，後面會接上相反的結果，也就是「試著去做某件事，但沒有成功」之意。可以對照下面的例句來理解此句型的意思。（下列例句中的後半皆為「可能形」，可參考「可能型」的章節。）

句 型

意向形＋としました

例 句

例 行こうとしましたが、行けませんでした。

i.ko.u./to.shi.ma.shi.ta.ga./i.ke.ma.se.n.de.shi.ta.

雖然試著去，但去不成。

（が：可是／行けません：沒辦法去）

track 跨頁共同導讀 048

例 読もうとしましたが、読めませんでした。
yo.mo.u./to.shi.ma.shi.ta.ga./yo.me.ma.se.n.de.shi.ta.
雖然試著讀，但是沒辦法讀。

（が：可是／読めません：沒辦法讀）

例 歩こうとしましたが、歩けませんでした。
a.ru.ko.u./to.shi.ma.shi.ta.ga./a.ru.ke.ma.se.n.de.shi.ta.
雖然試著走，但是沒辦法走。

（が：可是／歩けません：沒辦法走）

例 食べようとしましたが、食べられませんでした。
ta.be.yo.u./to.shi.ma.shi.ta.ga./ta.be.ra.re.ma.se.n.de.shi.ta.
雖然試著吃，但吃不下。

（が：可是／食べられません：沒辦法吃）

例 勉強しようとしましたが、できませんでした。
be.n.kyo.u.shi.yo.u./to.shi.ma.shi.ta.ga./de.ki.ma.se.n.de.shi.ta.
雖然試著念書，但是辦不到。

（が：可是／できません：辦不到）

例 寝ようとしても、寝られません。
ne.yo.u./to.shi.te.mo./ne.ra.re.ma.se.n.
即使試著睡，也睡不著。

（としても：即使／寝られません：無法入睡）

例 忘れようとしても、忘れられません。
wa.su.re.yo.u./to.shi.te.mo./wa.su.re.ra.re.ma.se.n.
即使試著忘記，也忘不掉。

（としても：即使／忘れられません：無法忘記）

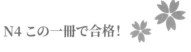

049 **track**

使用意向形的表現－打算去做
意向形＋と思っています

説　明

　　「意向形」＋「と思っています」是表示「打算做某件事」的意思。另一個句型「つもり」也是「打算」的意思，但不同的是，「つもり」前面是加上「常體」；「と思っています」的前面則是加上「意向形」。

句　型

　　意向形＋と思っています

例　句

例 メールを送ろうと思っています。
me.e.ru.o./o.ku.ro.u.to./o.mo.tte.i.ma.su.
打算要寄電子郵件。

例 旅行しようと思っています。
ryo.ko.u.shi.yo.u.to./o.mo.tte.i.ma.su.
打算去旅行。

例 映画を見に行こうと思っています。
e.i.ga.o./mi.ni.i.ko.u.to./o.mo.tte.i.ma.su.
打算去看電影。

例 今週末はサッカーをしようと思っています。
ko.n.shu.u.ma.tsu.wa./sa.kka.a.o./shi.yo.u.to./o.mo.tte.i.ma.su.
本週末打算要去踢足球。

例 料理を作ろうと思っています。
ryo.u.ri.o./tsu.ku.ro.u.to./o.mo.tte.i.ma.su.
打算要做菜。

track 跨頁共同導讀 049

例 もっと勉強しようと思っています。

mo.tto./be.n.kyo.u.shi.yo.u.to./o.mo.tte.i.ma.su.

打算更用功。

例 早く寝ようと思っています。

ha.ya.ku./ne.yo.u.to./o.mo.tte.i.ma.su.

打算早點睡。

例 今晩この本を読もうと思っています。

ko.n.ba.n./ko.no.ho.n.o./yo.mo.u.to./o.mo.tte.i.ma.su.

今晚打算讀這本書。

例 友達と一緒に食事しようと思っています。

to.mo.da.chi.to./i.ssho.ni./sho.ku.ji./shi.yo.u.to./o.mo.tte.i.ma.su.

打算和朋友一起吃飯。

命令形

說　明

　　命令形是用在命令別人做某件事時，由於命令的口氣通常是用在對方是小孩或是自己的平輩、晚輩時，所以要注意說話的對象和場合，才不會顯得不禮貌。接下來就介紹命令形的各種變化方式。

　　　1・命令形－Ⅰ類動詞

　　　2・命令形－Ⅱ類動詞

　　　3・命令形－Ⅲ類動詞

050 **track**

命令形－Ⅰ類動詞

說明

　　命令形的Ⅰ類動詞變化，是將ます形主幹最後一個字的由「い段音」變成「え段音」。

句型

行きます
↓
行き（刪去ます）
↓
（か行「い段音」的「き」→か行「え段音」的「け」；即ki→ke）
↓
行け
（完成命令形）

例詞

（い段音→え段音）

書（か）きます→書（か）け
泳（およ）ぎます→泳（およ）げ
話（はな）します→話（はな）せ
立（た）ちます→立（た）て
呼（よ）びます→呼（よ）べ
住（す）みます→住（す）め

乗（の）ります→乗（の）れ
使（つか）います→使（つか）え

track 跨頁共同導讀 050

㉕ ㉕

㋕学校へ行きます。（去學校）
　　↓
　　学校へ行け。（命令你去學校！）

㋕この本を読みます。（讀這本書）
　　↓
　　この本を読め。（命令你讀這本書！）

㋕電車に乗ります。（搭火車）
　　↓
　　電車に乗れ。（命令你去搭火車！）

文法篇

單字篇

命令形－Ⅱ類動詞

説　明

　Ⅱ類動詞的命令形，是將動詞ます形的ます去掉，直接加上「ろ」即可。

句　型

食べます
↓
食べ（刪去ます）
↓
食べろ(加上「ろ」)

例　詞

（ます→ろ）

教_{おし}えます→教_{おし}えろ

掛_かけます→掛_かけろ

見_みせます→見_みせろ

捨_すてます→捨_すてろ

始_{はじ}めます→始_{はじ}めろ

飽_あきます→飽_あきろ

起_おきます→起_おきろ

track 跨頁共同導讀 051

生_いきます→生_いきろ

降_おります→降_おりろ

見_みます　→見_みろ

出_でます　→出_でろ

寝_ねます　→寝_ねろ

着_きます　→着_きろ

例 句

例 野菜_{やさい}を食_たべます。（吃蔬菜）
↓
野菜_{やさい}を食_たべろ。（命令你吃蔬菜）

例 ここで降_おります。（在這裡下車）
↓
ここで降_おりろ。（命令你在這裡下車）

例 早_{はや}く起_おきます。（早起）
↓
早_{はや}く起_おきろ。（命令你早起）

052 **track**

命令形－Ⅲ類動詞

説明

Ⅲ類動詞的命令形變化如下：

来^きます→来^こい　（注意發音）

します→しろ

勉強^{べんきょう}します→勉強^{べんきょう}しろ

例詞

来^きます→来^こい

します→しろ

勉強^{べんきょう}します→勉強^{べんきょう}しろ

洗濯^{せんたく}します→洗濯^{せんたく}しろ

質問^{しつもん}します→質問^{しつもん}しろ

説明^{せつめい}します→説明^{せつめい}しろ

紹介^{しょうかい}します→紹介^{しょうかい}しろ

結婚^{けっこん}します→結婚^{けっこん}しろ

運動^{うんどう}します→運動^{うんどう}しろ

参加^{さんか}します→参加^{さんか}しろ

旅行^{りょこう}します→旅行^{りょこう}しろ

案内^{あんない}します→案内^{あんない}しろ

食事^{しょくじ}します→食事^{しょくじ}しろ

買^かい物^{もの}します→買^かい物^{もの}しろ

文法篇

單字篇

track 跨頁共同導讀 052

例 うちに来ます。（來我家）
↓
うちに来い（命令你來我家）

例 一緒に勉強します。（一起念書）
↓
一緒に勉強しろ。（命令你和我一起念書）

例 街を案内します。（介紹附近的街道）
↓
街を案内しろ。（命令你介紹附近的街道）

track 053

命令形總覽

	ます形	命令形	變化方式
I類動詞	書きます	書け	「い段」變為「え段」
II類動詞	食べます	食べろ	去掉「ます」+「ろ」
III類動詞	来ます します	来い しろ	来い 去掉「ます」+「ろ」

053 **track** 跨頁共同導讀

可能形概說

說 明

可能形是用在表現自己的能力，比如說「可能做到某件事」「能夠完成某件事」時，就是用可能形來表現。下面會介紹動詞的可能形變化：

1・可能形－Ⅰ類動詞

2・可能形－Ⅱ類動詞

3・可能形－Ⅲ類動詞

054 **track**

可能形－Ⅰ類動詞

說 明

Ⅰ類動詞的可能形變化和命令形很像，都是將動詞ます形的主幹最後一個字，從「い段音」改成「え段音」。但是不同的是，可能形的動詞還是保有「ます」的形式。（可能形的常體則是將動詞改成可能形後，再將「ます」改成「る」）

句 型

行きます

↓

行けます（可能形）

（か行「い段音」的「き」→「え段音」的「け」，即ki→ke）

↓

行ける

（行けます的常體）

track 跨頁共同導讀 054

例　詞

（「い段音」→「え段音」）

書きます→書けます

泳ぎます→泳げます

話します→話せます

立ちます→立てます

呼びます→呼べます

住みます→住めます

乗ります→乗れます

使います→使えます

例　句

㋑学校へ行きます。（去學校）

↓

学校へ行けます。（可以去學校）

㋑本を読みます。（讀書）

↓

本が読めます。（看得懂書）

㋑電車に乗ります。（搭火車）

↓

電車に乗れます。（可以搭火車）

055 **track**

可能形－II類動詞

文法篇

單字篇

說　明

　　II類動詞的可能形，是將動詞ます形的「ます」改成「られます」即可。（同樣的，常體則將「ます」改成「る」即可）

句　型

食べます
↓
食べ＋られます（可能形）
（ます→られます）
↓
食べられる
（食べられます的常體）

例　詞

（ます→られます）

教(おし)えます→教(おし)えられます

掛(か)けます→掛(か)けられます

見(み)せます→見(み)せられます

捨(す)てます→捨(す)てられます

始(はじ)めます→始(はじ)められます

track 跨頁共同導讀 055

飽^あきます→飽^あきられます

起^おきます→起^おきられます

生^いきます→生^いきられます

降^おります→降^おりられます

見^みます　→見^みえます／見^みられます

出^でます　→出^でられます

寝^ねます　→寝^ねられます

着^きます　→着^きられます

例 句

例 野菜^{やさい}を食^たべます。（吃蔬菜）
↓
野菜^{やさい}が食^たべられます。

（可以吃蔬菜／蔬菜可以吃）

例 ここで降^おります。（在這裡下車）
↓
ここで降^おりられます。（可以在這裡下車）

例 早^{はや}く起^おきます。（早起）
↓
早^{はや}く起^おきられます。（可以早起）

056 **track**

可能形－Ⅲ類動詞

說明

Ⅲ類動詞的可能形變化如下：（常體只需將「ます」改成「る」即可）

来<ruby>き<rt></rt></ruby>ます→来<ruby>こ<rt></rt></ruby>られます　（注意發音）

します→できます

勉強<ruby>べんきょう<rt></rt></ruby>します→勉強<ruby>べんきょう<rt></rt></ruby>できます

例詞

来<ruby>き<rt></rt></ruby>ます→来<ruby>こ<rt></rt></ruby>られます

します→できます

勉強します→勉強できます

洗濯<ruby>せんたく<rt></rt></ruby>します→洗濯<ruby>せんたく<rt></rt></ruby>できます

質問<ruby>しつもん<rt></rt></ruby>します→質問<ruby>しつもん<rt></rt></ruby>できます

説明<ruby>せつめい<rt></rt></ruby>します→説明<ruby>せつめい<rt></rt></ruby>できます

紹介<ruby>しょうかい<rt></rt></ruby>します→紹介<ruby>しょうかい<rt></rt></ruby>できます

結婚<ruby>けっこん<rt></rt></ruby>します→結婚<ruby>けっこん<rt></rt></ruby>できます

運動<ruby>うんどう<rt></rt></ruby>します→運動<ruby>うんどう<rt></rt></ruby>できます

参加<ruby>さんか<rt></rt></ruby>します→参加<ruby>さんか<rt></rt></ruby>できます

旅行<ruby>りょこう<rt></rt></ruby>します→旅行<ruby>りょこう<rt></rt></ruby>できます

案内<ruby>あんない<rt></rt></ruby>します→案内<ruby>あんない<rt></rt></ruby>できます

食事<ruby>しょくじ<rt></rt></ruby>します→食事<ruby>しょくじ<rt></rt></ruby>できます

track 跨頁共同導讀 056

買い物します→買い物できます

例句

例 会社に来ます。（來公司）

↓

会社に来られます。（可以來公司）

例 一緒に勉強します。（一起念書）

↓

一緒に勉強できます。（可以一起念書）

例 街を案内します。（介紹附近的街道）

↓

街が案内できます。（能夠介紹附近的街道）

track 057

可能形總覽

	ます形	可能形	變化方式
I類動詞	書きます	書けます	「い段」變為「え段」＋「ます」
II類動詞	食べます	食べられます	「られ」＋「ます」
III類動詞	来ます します	来られます できます	「られ」＋「ます」 特殊變化

058 **track**

可能動詞句

說明

　　可能動詞句的句型，基本上和自動詞句相同，需要注意的是，當「他動詞」改成「可能動詞」之後，原本「他動詞句」中，助詞的「を」，在「可能動詞句」中，就要變成「が」。（在日語口語中，會見到可能動詞句中使用助詞「を」，兩個句型都是正確的）

例句

例 お酒を飲みます。
o.sa.ke.o./no.mi.ma.su.
喝酒。

例 お酒が飲めます。
o.sa.ke.ga./no.me.ma.su.
可以喝酒。

例句

例 家を買います。
i.e.o./ka.i.ma.su.
買房子。

例 家が買えます。
i.e.ga./ka.e.ma.su.
買得起房子。

track 跨頁共同導讀 058

例 句

例 山を見ます。

ya.ma.o./mi.ma.su.

看著山。

例 山が見えます。

ya.ma.ga./mi.e.ma.su.

可以看見山。（見えます：自然進入視野）

例 この番組がやっと見られます。

ko.no.ba.n.gu.mi.ga./ya.tto./mi.ra.re.ma.su.

終於可以看到這個節目。

（見られます：刻意去看而且可以看得到）

例 句

例 音を聞きます。

o.to.o./ki.ki.ma.su.

聽聲音。

例 音が聞こえます。

o.to.ga./ki.ko.e.ma.su.

可以聽到聲音。（聞こえます：自然地聽見；若刻意去聽

則用聞けます）

被動形－Ⅰ類動詞

説 明

　Ⅰ類動詞的被動形，是將動詞**ます**形的主幹最後一個字，從「**い**段音」改成「**あ**段音」後，再加上「**れ**」。而被動形的動詞還是保有「**ます**」的形式。（被動形的常體則是將動詞改成被動形後，再將「**ます**」改成「**る**」）

句 型

行きます

↓

行か　ます

（か行「**い**段音」的「**き**」→「**あ**段音」的「**か**」，即ki→ka）

↓

行かれます

（在「**か**」的後面再加上「**れ**」，即完成被動形）

↓

行かれる

（行かれます的常體）

　此外，若是主幹的最後一個字是「**い**」的時候，則不是變成「**あ**」而是變成「**わ**」，例如：

　誘います（邀請）→誘われます（被邀請）

track 059

例　詞

（「い段音」→「あ段音」＋「れ」）

書きます→書かれます

泳ぎます→泳がれます

話します→話されます

立ちます→立たれます

呼びます→呼ばれます

住みます→住まれます

乗ります→乗られます

使います→使われます

例 句

例 学校へ行きます。（去學校）

↓

　学校へ行かれます。（被叫去學校）

例 本を読みます。（讀書）

↓

　私の本を読まれます。（我的書被別人讀了）

例 私が笑います。（我在笑）

↓

　私が笑われます。（我被別人笑）

文法篇

單字篇

被動形－Ⅱ類動詞

説　明

　　Ⅱ類動詞的被動形，和可能動詞的變化方式相同，是將動詞ます形的「ます」改成「られます」即可。（同樣的，常體則將「ます」改成「る」即可）

句　型

食べます

↓

食べ＋られます（被動形）

（ます→られます）

↓

食べられる

（食べられます的常體）

例　詞

（ます→られます）

教<ruby>教<rt>おし</rt></ruby>えます→教<ruby><rt>おし</rt></ruby>えられます

掛<ruby><rt>か</rt></ruby>けます→掛<ruby><rt>か</rt></ruby>けられます

見<ruby><rt>み</rt></ruby>せます→見<ruby><rt>み</rt></ruby>せられます

捨<ruby><rt>す</rt></ruby>てます→捨<ruby><rt>す</rt></ruby>てられます

始<ruby><rt>はじ</rt></ruby>めます→始<ruby><rt>はじ</rt></ruby>められます

track 跨頁共同導讀 060

飽<ruby>あ</ruby>きます→飽<ruby>あ</ruby>きられます

起<ruby>お</ruby>きます→起<ruby>お</ruby>きられます

降<ruby>お</ruby>ります→降<ruby>お</ruby>りられます

見<ruby>み</ruby>ます　→見<ruby>み</ruby>られます

着<ruby>き</ruby>ます　→着<ruby>き</ruby>られます

㊀ 例 句

㋹ 野菜を食べます。（吃蔬菜）

↓

　私の野菜を食べられます。（我的蔬菜被吃了）

㋹ 本を捨てます。（丟掉書）

↓

　私の本を捨てられます。（我的書被丟掉）

㋹ 私がほめます。（我稱讚別人）

↓

　私がほめられます。（我被別人稱讚）

文法篇

單字篇

被動形－Ⅲ類動詞

説 明

Ⅲ類動詞的被動形變化如下：（常體只需將「ます」改成「る」即可）

来ます→来られます　（注意發音）

します→されます

勉強します→勉強されます

例 詞

来ます→来られます

します→されます

勉強します→勉強されます

洗濯します→洗濯されます

質問します→質問されます

説明します→説明されます

紹介します→紹介されます

案内します→案内されます

例 句

例 うちに来ます。（來家裡）
　　↓
　　うちに来られます。（別人來家裡）

track 跨頁共同導讀 061

例 友達に紹介します。（介紹給朋友）
↓
友達に紹介されます。（被朋友介紹）

例 本を出版します。（出版書）
↓
本が出版されます。（書被出版）

track 062

被動形總覽

	ます形	被動形	變化方式
I類動詞	書きます	書かれます	「い段」變為「あ段」後＋「れます」
II類動詞	食べます	食べられます	「られ」＋「ます」
III類動詞	来ます します	来られます されます	「られ」＋「ます」特殊變化

063 **track**

使用被動形的表現－被動句

AはBにV被動

説明

　　「主詞は對方に被動動詞」是最基本的被動句句型。「に」是表示被誰，而「主詞」和「被動動詞」都是表示被動一方。如「私は先生に叱られました」一句中，可以先看其中「私は叱られました」的部分是表示「我被罵了」，但是是被誰罵呢？則是從句子中的「先生に」看出來是被老師罵了。下列的例句中，就以主動和被動的對照來表示兩者的關係。

句型

　　主詞は＋對方に＋被動動詞

例句

例 友達が私を笑いました。

to.mo.da.chi.ga./wa.ta.shi.o./wa.ra.i.ma.shi.ta.

朋友笑我。

（主詞：友達　受詞：私　動作：笑いました）

例 私は笑われました。

wa.ta.shi.wa./wa.ra.wa.re./ma.shi.ta.

我被笑了。

（主詞：私　動作：笑われました）

例 私は友達に笑われました。

wa.ta.shi.wa./to.mo.da.chi.ni./wa.ra.wa.re.ma.shi.ta.

我被朋友笑。

（主詞：私　對方：友達　動作：笑われました）

track 跨頁共同導讀 063

例 句

例 先生が私をほめました。
se.n.se.i.ga./wa.ta.shi.o./ho.me.ma.shi.ta.
老師稱讚我。

　（主詞：先生　受詞：私　動作：ほめました）

例 私は先生にほめられました。
wa.ta.shi.wa./se.n.se.i.ni./ho.me.ra.re.ma.shi.ta.
我被老師稱讚。

　（主詞：私　對方：先生　動作：ほめられました）

例 句

例 雨が降りました。
a.me.ga./fu.ri.ma.shi.ta.
下雨了。

　（主詞：雨　動作：降りました）

例 私は雨に降られました。
wa.ta.shi.wa./a.me.ni./fu.ra.re.ma.shi.ta.
我被雨淋。

　（主詞：私　對方：雨　動作：降られました）

例 句

例 みなが田中さんを尊敬します。
mi.na.ga./ta.na.ka.sa.n.o./so.n.ke.i.shi.ma.su.
大家都尊敬田中先生。

　（主詞：みな　受詞：田中さん　動作：尊敬します）

 064 **track**

例 田中さんは（みなに）尊敬されます。

ta.na.ka.sa.n.wa./mi.na.ni./so.n.ke.i.sa.re.ma.su.

田中先生被（大家）尊敬。

（主詞：田中さん　對方：みな　動作：尊敬されます）

例 句

例 出版社は本を出版しました。

shu.ppa.n.sha.wa./ho.n.o./shu.ppa.n.shi.ma.shi.ta.

出版社出版書。

（主詞：出版社　受詞：本　動作：出版しました）

例 本は（出版社に）出版されました。

ho.n.wa./shu.ppa.n.sha.ni./shu.ppa.n.sa.re.ma.shi.ta.

書被出版社出版。

（主詞：本　對方：出版社　動作：出版されました）

例 句

例 彼はうちに来ました。

ka.re.wa./u.chi.ni.ki.ma.shi.ta.

他來我家。

（主詞：彼　動作：来ました）

例 （私は）彼にうちに来られました。

wa.ta.shi.wa./ka.re.ni./u.chi.ni./ko.ra.re.ma.shi.ta.

（我被）他來家裡。

（主詞：私　對方：彼　動作：来られました）

track 065

使用被動形的表現－被委託
ＡはＢにＮをＶ被動（頼<ruby>頼<rt>たの</rt></ruby>まれます）

說　明

　　本句和前一個句型不同的是，在例句中「私は頼まれました」，是表示「我被委託」，那麼是被誰委託呢？則是看「に」前面的名詞，即是「先生」；而委託的內容是什麼呢？則是看「を」前面的名詞，即是「教室の掃除」。

句　型

　　主詞は＋對方に＋動作を頼<ruby>頼<rt>たの</rt></ruby>まれます

例　句

例 <ruby>私<rt>わたし</rt></ruby>は<ruby>先生<rt>せんせい</rt></ruby>に<ruby>頼<rt>たの</rt></ruby>まれました。
wa.ta.shi.wa./se.n.se.i.ni./ta.no.ma.re.ma.shi.ta.
我被老師委託。

例 <ruby>私<rt>わたし</rt></ruby>は<ruby>先生<rt>せんせい</rt></ruby>に<ruby>教室<rt>きょうしつ</rt></ruby>の<ruby>掃除<rt>そうじ</rt></ruby>を<ruby>頼<rt>たの</rt></ruby>まれました。
wa.ta.shi.wa./se.n.se.i.ni./kyo.u.shi.tsu.no./so.u.ji.o./ta.no.ma.re.ma.shi.ta.
我被老師委託掃教室。

例　句

例 <ruby>私<rt>わたし</rt></ruby>は<ruby>友達<rt>ともだち</rt></ruby>に<ruby>頼<rt>たの</rt></ruby>まれました。
wa.ta.shi.wa./to.mo.da.chi.ni./ta.no.ma.re.ma.shi.ta.
我被朋友請託。

例 <ruby>私<rt>わたし</rt></ruby>は<ruby>友達<rt>ともだち</rt></ruby>に<ruby>日本語<rt>にほんご</rt></ruby>のチェックを<ruby>頼<rt>たの</rt></ruby>まれました。
wa.ta.shi.wa./to.mo.da.chi.ni./ni.ho.n.go.no./che.kku.o./ta.no.ma.re.ma.shi.ta.
我被朋友委託訂正他寫的日文。

065 **track** 跨頁共同導讀

例 句

例 私は母に頼まれました。

wa.ta.shi.wa./ha.ha.ni./ta.no.ma.re.ma.shi.ta.

我被母親委託。

例 私は母に買い物を頼まれました。

wa.ta.shi.wa./ha.ha.ni./ka.i.mo.no.o./ta.no.ma.re.ma.shi.ta.

我被母親委託買東西。

例 句

例 私は同僚に頼まれました。

wa.ta.shi.wa./do.u.ryo.u.ni./ta.no.ma.re.ma.shi.ta.

我被同事委託。

例 私は同僚に仕事を頼まれました。

wa.ta.shi.wa./do.u.ryo.u.ni./shi.go.to.o./ta.no.ma.re.ma.shi.ta.

我被同事委託工作。

 066 **track**

使用被動形的表現－被認為

AはBにNだと思われています。

說 明

　　「と思われています」是「と思います」的被動形，也就是「被想成是～」的意思。在「と思われています」的前面，是加上常體。至於為什麼不是用「と思われました」而是用「と思われています」呢？這是因為「被想成～」是表示一個持久既定的印象，因此用表示狀態的「ています」。

track 跨頁共同導讀 066

句　型

主詞は＋對象に＋常體＋と思われています

註：可參考後面「常體＋と思います」的句型。

例　句

例 私は同僚にまじめな人と思われています。

wa.ta.shi.wa./do.u.ryo.u.ni./ma.ji.me.na.hi.to.to./o.mo.wa.re.te.i.ma.su.

我被同事認為是認真的人。

例 彼は上司によく働いていると思われています。

ka.re.wa./jo.u.shi.ni./yo.ku./ha.ta.ra.i.te.i.ru.to./o.mo.wa.re.te.i.ma.su.

他被主管認為是很認真工作的人。

例 私は友達にいい人だと思われています。

wa.ta.shi.wa./to.mo.da.chi.ni./i.i.hi.to.da.to./o.mo.wa.re.te.i.ma.su.

我被朋友認為是好人。

例 彼女は先輩に結婚していると思われています。

ka.no.jo.wa./se.n.pa.i.ni./ke.kko.n.shi.te.i.ru.to./o.mo.wa.re.te.i.ma.su.

她被學長認為已婚。

例 彼は周りの人に短気だと思われています。

ka.re.wa./ma.wa.ri.no.hi.to.ni./ta.n.ki.da.to./o.mo.wa.re.te.i.ma.su.

他被周圍的人認為是急性子。

例 私は友達に優しいと思われています。

wa.ta.shi.wa./to.mo.da.chi.ni./ya.sa.shi.i.to./o.mo.wa.re.te.i.ma.su.

我被朋友認為很溫柔。

067 **track**

文
法
篇

單
字
篇

使用被動形的表現－被要求

AはBにVように言われました

説 明

「～ように言われました」是表示「被要求～」的意思。
「～ように」是表示期望、要求的意思，前面是用「常體」。

句 型

主詞は＋對方に＋常體ように＋言われました。

例 句

例 彼は先生に静かにご飯を食べるように言われました。

ka.re.wa./se.n.se.i.ni./shi.zu.ka.ni./go.ha.n.o./ta.be.ru.yo.u.ni./i.wa.re.ma.shi.ta.

他被老師要求安靜吃飯。

例 私は母に家事を手伝うように言われました。

wa.ta.shi.wa./ha.ha.ni./ka.ji.o./te.tsu.da.u.yo.u.ni./i.wa.re.ma.shi.ta.

我被母親要求幫忙做家事。

例 彼女は両親に部屋の掃除をするように言われました。

ka.no.jo.wa./ryo.u.shi.n.ni./he.ya.no./so.u.ji.o./su.ru.yo.u.ni./i.wa.re.ma.shi.ta.

她被父母要求打掃房間。

track 跨頁共同導讀 067

例 彼は先生に毎日お風呂に入るように言われました。

ka.re.wa./se.n.se.i.ni./ma.i.ni.chi./o.fu.ro.ni./ha.i.ru.yo.u.ni./i.wa.re.ma.shi.ta.

他被老師要求每天洗澡。

例 私は父に帰ったあと手を洗うように言われました。

wa.ta.shi.wa./chi.chi.ni./ka.e.tta.a.to./te.o.a.ra.u.yo.u.ni./i.wa.re.ma.shi.ta.

我被父親要求回來後要洗手。

例 彼女は先生に早く宿題を出すように言われました。

ha.no.jo.wa./se.n.se.i.ni./ha.ya.ku./shu.ku.da.i.o./da.su.yo.u.ni./i.wa.re.ma.shi.ta.

她被老師要求早點交作業。

使役形－Ⅰ類動詞

說　明

　　所謂的使役，就是要求或讓別人做某件事情，但和命令形不同的是，使役形依照句子中助詞的不同，可以分成發出命令的人和被使役的對象。（在後面的使役句中會做介紹）

　　Ⅰ類動詞的使役形，是將動詞ます形的主幹最後一個字，從「い段音」改成「あ段音」後，再加上「せ」。而使役形的動詞還是保有「ます」的形式。（使役形的常體則是將動詞ます形改成使役形後，再將「ます」改成「る」）

句　型

行きます

↓

行か　ます

（か行「い段音」的「き」→「あ段音」的「か」，即ki→ka）

↓

行かせます

（在「か」的後面再加上「せ」，即完成使役形）

↓

行かせる

（行かせます的常體）

　　此外，若是主幹的最後一個字是「い」的時候，則不是變成「あ」而是變成「わ」，例如：

　　歌います（唱歌）→歌わせます（叫對方唱歌）

 track 068

　例　詞

　　（「い段音」→「あ段音」＋「せ」）

書きます→書かせます

泳ぎます→泳がせます

話します→話させます

立ちます→立たせます

呼びます→呼ばせます

住みます→住ませます

乗ります→乗らせます

使います→使わせます

　例　句

例 学校へ行きます。（去學校）

　↓

　学校へ行かせます。（叫對方去學校）

例 本を読みます。（讀書）

　↓

　本を読ませます。（叫對方讀書）

例 私が歌います。（我唱歌）

　↓

　私が歌わせます。（我叫對方唱歌）

069 **track**

使役形－Ⅱ類動詞

說　明

　　Ⅱ類動詞的使役形，是將動詞ます形的「ます」改成「させます」即可。（同樣的，常體則將「ます」改成「る」即可）

句　型

食べます

↓

食べ＋させます（使役形）

（ます→させます）

↓

食べさせる

（食べさせます的常體）

例　詞

（ます→させます）

教えます→教えさせます

掛けます→掛けさせます

見せます→見せさせます

捨てます→捨てさせます

始めます→始めさせます

飽きます→飽きさせます

起きます→起きさせます

track 跨頁共同導讀 069

降_おります→降_おりさせます
見_みます　→見_みさせます
着_きます　→着_きさせます

例 句

例 野菜_{やさい}を食_たべます。（吃蔬菜）
↓
野菜_{やさい}を食_たべさせます。（叫對方吃蔬菜）

例 本_{ほん}を捨_すてます。（丟掉書）
↓
本_{ほん}を捨_すてさせます。（叫對方丟掉書）

例 私_{わたし}が調_{しら}べます。（我調查）
↓
私_{わたし}が調_{しら}べさせます。（叫對方去調查）

 070 **track**

使役形－Ⅲ類動詞

說 明

　Ⅲ類動詞的使役形變化如下：（常體只需將「ます」改成「る」即可）

来ます→来させます　（注意發音）

します→させます

勉強します→勉強させます

例 詞

来ます→来させます

します→させます

勉強します→勉強させます

洗濯します→洗濯させます

質問します→質問させます

説明します→説明させます

紹介します→紹介させます

案内します→案内させます

例 句

例 ここに来ます。（來這裡）

↓

ここに来させます。（叫對方來這裡）

文法篇

單字篇

track 跨頁共同導讀 070

例 友達を紹介します。（介紹朋友）

↓

友達を紹介させます。（叫對方介紹朋友）

例 数学を勉強します。（念數學）

↓

数学を勉強させます。（叫對方念數學）

track 071

使役形總覽

	ます形	(敬體)使役形	變化方式
I 類動詞	書きます	書かせます	「い段」變為 「あ段」＋「せます」
II 類動詞	食べます	食べさせます	「させ」＋「ます」
III 類動詞	来ます	来させます	「させ」＋「ます」
	します	させます	特殊變化

072 **track**

使役句
AはBにNをVさせました

説明

「先生は学生に漢字を覚えさせました」，此句的主詞是「先生」而受詞是「学生」內容是「漢字」，使役動詞是「覚えさせました」。（因此句型通常使用過去式，故以過去式呈現）

句型

主詞は＋對象に＋內容を＋使役動詞

例句

例 父は弟に野菜を食べさせました。
chi.chi.wa./o.to.u.to.ni./ya.sa.i.o./ta.be.sa.se.ma.shi.ta.
爸爸叫弟弟吃蔬菜。

例 友達は私に絵を描かせました。
to.mo.da.chi.wa./wa.ta.shi.ni./e.o.ka.ka.se.ma.shi.ta.
朋友要求我畫畫。

例 上司は私にレポートを作らせました。
jo.u.shi.wa./wa.ta.shi.ni./re.po.o.to.o./tsu.ku.ra.se.ma.shi.ta.
上司要求我做報告。

例 友達は彼にお酒を飲ませました。
to.mo.da.chi.wa./ka.re.ni./o.sa.ke.o./no.ma.se.ma.shi.ta.
朋友叫他喝酒。

文法篇

單字篇

track 跨頁共同導讀 072

例 先生は私に研究室に来させました。

se.n.se.i.wa./wa.ta.shi.ni./ke.n.kyu.u.shi.tsu.ni./ko.sa.se.ma.shi.ta.

老師叫我來研究室。

例 母は私に部屋を掃除させました。

ha.ha.wa./wa.ta.shi.ni./he.ya.o./so.u.ji./sa.se.ma.shi.ta.

媽媽叫我打掃房間。

使役被動形－Ⅰ類動詞

說 明

　　所謂的使役被動，就是被要求做某件事情，但和使役形不同的是，使役是要求對方，而使役被動則是被要求。（在後面的使役被動句中會做介紹）

　　Ⅰ類動詞的使役被動形，是將動詞ます形的主幹最後一個字，從「い段音」改成「あ段音」後，再加上「され」。而使役被動形的動詞還是保有「ます」的形式。（使役被動形的常體則是將動詞ます形改成使役被動形後，再將「ます」改成「る」）

句 型

行きます

↓

行か　ます

（か行「い段音」的「き」→「あ段音」的「か」，即ki→ka）

↓

行かされます

（在「か」的後面再加上「され」，即完成使役被動形）

↓

行かされる

（行かされます的常體）

此外，若是主幹的最後一個字是「い」的時候，則不是變成「あ」而是變成「わ」，例如：

歌います（唱歌）→歌わされます（被要求唱歌／被迫唱歌）

此外，Ⅰ類動詞的使役被動有兩種通用的寫法，除了上述的這種外，還有另一種是：

行きます

↓

行か　ます

（か行「い段音」的「き」→「あ段音」的「か」，即ki→ka）

↓

行かせられます

（在「か」的後面再加上「せられ」，即完成使役被動形）

↓

行かせられる

（行かせられます的常體）

如果主幹是し結尾的Ⅰ類動詞，如話します、離します等，在變成使役被動形的時候，就要用「あ段＋せられます」的變化方式。

 track 073

例 詞

（「い段音」→「あ段音」+「され」）

書_かきます→書_かかされます／書_かかせられます

泳_{およ}ぎます→泳_{およ}がされます／泳_{およ}がせられます

話_{はな}します→話_{はな}させられます

立_たちます→立_たたされます／立_たたせられます

呼_よびます→呼_よばされます／呼_よばせられます

住_すみます→住_すまされます／住_すませられます

乗_のります→乗_のらされます／乗_のらせられます

使_{つか}います→使_{つか}わされます／使_{つか}わせられます

例 句

例 学校_{がっこう}へ行_いきます。（去學校）
↓
学校_{がっこう}へ行_いかされます。（被要求去學校）

例 本_{ほん}を読_よみます。（讀書）
↓
本_{ほん}を読_よまされます。（被要求讀書）

例 私_{わたし}が歌_{うた}います。（我唱歌）
↓
私_{わたし}が歌_{うた}わされます。（我被要求唱歌）

074 **track**

使役被動形－Ⅱ類動詞

説　明

　　Ⅱ類動詞的使役被動形，是將動詞ます形的「ます」改成「させられます」即可。（同樣的，常體則將「ます」改成「る」即可）

句　型

食べます
↓
食べ＋させられます（使役被動形）
（ます→させられます）
↓
食べさせられる
（食べさせられます的常體）

例　詞

（ます→させられます）

教えます→教えさせられます

掛けます→掛けさせられます

見せます→見せさせられます

捨てます→捨てさせられます

始めます→始めさせられます

飽きます→飽きさせられます

track 跨頁共同導讀 074

起きます→起きさせられます

降ります→降りさせられます

見ます　→見させられます

着ます　→着させられます

例 句

例 野菜を食べます。（吃蔬菜）
↓
野菜を食べさせられます。（被要求吃蔬菜）

例 本を捨てます。（丟掉書）
↓
本を捨てさせられます。（被要求丟掉書）

例 私が調べます。（我調查）
↓
私が調べさせられます。（我被要求去調查）

 075 **track**

使役被動形－Ⅲ類動詞

説　明

　　Ⅲ類動詞的使役被動形變化如下：（常體只需將「ます」
改成「る」即可）

来<ruby>き<rt></rt></ruby>ます→来<ruby>こ<rt></rt></ruby>させられます　（注意發音）

します→させられます

勉<ruby>べんきょう<rt></rt></ruby>強します→勉<ruby>べんきょう<rt></rt></ruby>強させられます

例　詞

来<ruby>き<rt></rt></ruby>ます→来<ruby>こ<rt></rt></ruby>させられます

します→させられます

勉<ruby>べんきょう<rt></rt></ruby>強します→勉<ruby>べんきょう<rt></rt></ruby>強させられます

洗<ruby>せんたく<rt></rt></ruby>濯します→洗<ruby>せんたく<rt></rt></ruby>濯させられます

質<ruby>しつもん<rt></rt></ruby>問します→質<ruby>しつもん<rt></rt></ruby>問させられます

説<ruby>せつめい<rt></rt></ruby>明します→説<ruby>せつめい<rt></rt></ruby>明させられます

紹<ruby>しょうかい<rt></rt></ruby>介します→紹<ruby>しょうかい<rt></rt></ruby>介させられます

案<ruby>あんない<rt></rt></ruby>内します→案<ruby>あんない<rt></rt></ruby>内させられます

例　句

例 ここに来<ruby>き<rt></rt></ruby>ます。（來這裡）
　　↓
　　ここに来<ruby>こ<rt></rt></ruby>させられます。（被要求來這裡）

track 跨頁共同導讀 075

例 友_{ともだち}達を紹_{しょうかい}介します。（介紹朋友）

↓

友_{ともだち}達を紹_{しょうかい}介させられます。（被要求介紹朋友）

例 数_{すうがく}学を勉_{べんきょう}強します。（念數學）

↓

数_{すうがく}学を勉_{べんきょう}強させられます。（被要求念數學）

track 076

使役被動形總覽

	ます形	使役被動形	變化方式
I類動詞	書きます	書かせられます 書かされます	「い段」變為「あ段」後，＋「せられ」或「され」＋「ます」
II類動詞	食べます	食べさせられます	「させられ」＋「ます」
II類動詞	来ます します	来させられます させられます	「させられ」＋「ます」 特殊變化

077 **track**

使役被動句

AはBにNをV（使役被動）されました

説　明

　　例句「私は友達にお酒を飲まされました」，此句的主詞是「私」而對方（提出要求的人）是「友達」內容是「お酒」，使役被動動詞是「飲まされました」。透過下面例句，可以更了解使役被動句之間的關係。（因此句型通常使用過去式，故以過去式呈現）

句　型

　　主詞は＋對方に＋內容を＋使役被動動詞

例　句

例 私はレポートを書かされました。
wa.ta.shi.wa./re.po.o.to.o./ka.ka.sa.re.ma.shi.ta.
我被要求寫報告。

（也可用書かせられました）

例 私は本を読まされました。
wa.ta.shi.wa./ho.n.o./yo.ma.sa.re.ma.shi.ta.
我被要求念書。

（也可用読ませられました）

例 私は留学に行かされました。
wa.ta.shi.wa./ryu.u.ga.ku.ni./i.ka.sa.re.ma.shi.ta.
我被要求去留學。

（也可用行かせられました）

track 跨頁共同導讀 077

例 私は友達に刺身を食べさせられました。

wa.ta.shi.wa./to.mo.da.chi.ni./sa.shi.mi.o./ta.be.sa.se.ra.re.ma.shi.ta.

我被朋友要求吃生魚片。

例 私は母に部屋を掃除させられました。

wa.ta.shi.wa./ha.ha.ni./he.ya.o./so.u.ji./sa.se.ra.re.ma.shi.ta.

我被媽媽要求打掃房間。

例 私は早く寝させられました。

wa.ta.shi.wa./ha.ya.ku./ne.sa.se.ra.re.ma.shi.ta.

我被要求早點睡。

track 078

使用常體的表現－推測
～らしいです

說 明

「らしい」是「好像」的意思，基於自己接獲的情報、資訊而做出判斷的時候，就可以用「常體」＋「らしい」。但是在遇到「名詞」和「な形容詞」的時候，則要去掉常體的「だ」直接加上「らしい」。

句 型

常體＋らしいです。

例 句

例 彼は書くらしいです。（動詞常體＋らしい）

ka.re.wa./ka.ku.ra.shi.i.de.su.

他好像要寫。

078 **track** 跨頁共同導讀

例 彼は書かないらしいです。（動詞常體否定＋らしい）

ka.re.wa./ka.ka.na.i.ra.shi.i.de.su.
他好像不寫。

例 彼女は食べるらしいです。（動詞常體＋らしい）

ka.no.jo.wa./ta.be.ru.ra.shi.i.de.su.
她好像要吃。

例 彼女は食べないらしいです。（動詞常體否定＋らしい）

ka.no.jo.wa./ta.be.na.i.ra.shi.i.de.su.
她好像不吃。

例 山本さんは来るらしいです。（動詞常體＋らしい）

ya.ma.mo.to.sa.n.wa./ku.ru.ra.shi.i.de.su.
山本先生好像要來。

例 山本さんは来ないらしいです。（動詞常體否定＋らしい）

ya.ma.mo.to.sa.n.wa./ko.na.i.ra.shi.i.de.su.
山本先生好像不來。

例 あの人は弁護士らしいです。（名詞常體去掉だ＋らしい）

a.no.hi.to.wa./be.n.go.shi.ra.shi.i.de.su.
那個人好像是律師。

例 この辺は静からしいです。（な形容詞常體去掉だ＋らしい）

ko.no.he.n.wa./shi.zu.ka.ra.shi.i.de.su.
這附近好像很安靜。

track 跨頁共同導讀 078

例 山田さんの娘さんは優しいらしいです。（い形容
詞常體＋らしい）

ya.ma.da.sa.n.no./mu.su.me.sa.n.wa./ya.sa.shi.i.ra.shi.i.de.su.

山田先生的女兒好像很溫柔。

track 079

使用常體的表現－傳聞、聽說
～そうです

[說 明]

「そう」是「聽說」的意思，表示自己從新聞、別人口中
等得到的資訊，原封不動的再次轉述給別人聽時，就可以用這
個句型來表示。

[句 型]

常體＋そうです

[例 句]

例 彼は買うそうです。（動詞常體＋そう）

ka.re.wa./ka.u.so.u.de.su.

聽說他要買。

例 彼は買わないそうです。（動詞常體否定＋そう）

ka.re.wa./ka.wa.na.i.so.u.de.su.

聽說他不買。

例 田中さんは出るそうです。（動詞常體＋そう）

ta.na.ka.sa.n.wa./de.ru.so.u.de.su.

聽說田中先生會出席。

079 **track** 跨頁共同導讀

例 田中さんは出ないそうです。（動詞常體否定＋そう）

ta.na.ka.sa.n.wa./de.na.i.so.u.de.su.

聽說田中先生不會出席。

例 先生は旅行するそうです。（動詞常體＋そう）

se.n.se.i.wa./ryo.ko.u.su.ru.so.u.de.su.

聽說老師要去旅行。

例 先生は旅行しないそうです。（動詞常體否定＋そう）

se.n.se.i.wa./ryo.ko.u.shi.na.i.so.u.de.su.

聽說老師不旅行。

例 田中さんは弁護士だそうです。（名詞＋だ＋そう）

ta.na.ka.sa.n.wa./be.n.go.shi.da.so.u.de.su.

聽說田中先生是律師。

例 この辺は静かだそうです。（な形容詞＋だ＋そう）

ko.no.he.n.wa./shi.zu.ka.da.so.u.de.su.

聽說這附近很安靜。

例 山田さんの娘さんは優しいそうです。（い形容詞常體＋そう）

ya.ma.da.sa.n.no./mu.su.me.sa.n.wa./ya.sa.shi.i.so.u.de.su.

聽說山田先生的女兒很溫柔。

文法篇

單字篇

track 080

使用常體的表現－主觀推測
〜みたいです

說　明

　　「みたい」是「好像」的意思，和「らしい」不同的是，「みたい」依據自己的觀察所做出的結論。因此在以自己意見為主的表達上，可以用「常體」＋「みたい」。但是在遇到「名詞」和「な形容詞」的時候，則要去掉常體的「だ」直接加上「みたい」。

句　型

　　常體＋みたいです

例　句

例 田中さんは怒っていたみたいです。（動詞常體過去＋みたい）

ta.na.ka.sa.n.wa./o.ko.tte.i.ta./mi.ta.i.de.su.

田中先生好像在生氣。

例 田中さんは怒っていないみたいです。（動詞常體否定＋みたい）

ta.na.ka.sa.n.wa./o.ko.tte.i.na.i./mi.ta.i.de.su.

田中先生好像沒有生氣。

例 田中君は学校を辞めたみたいです。（動詞常體過去＋みたい）

ta.na.ka.ku.n.wa./ga.kko.u.o./ya.me.ta.mi.ta.i.de.su.

田中好像休學了。

例 風邪を引いたみたいです。（動詞常體過去＋みたい）

ka.ze.o./hi.i.ta.mi.ta.i.de.su.

好像感冒了。

例 田中さんは甘いものが嫌いみたいです。（な形容詞常體去掉だ＋みたい）

ta.na.ka.sa.n.wa./a.ma.i.mo.no.ga./ki.ra.i.mi.ta.i.de.su.

田中先生好像討厭甜食。

例 田中さんは辛いものが好きみたいです。（な形容詞常體去掉だ＋みたい）

ta.na.ka.sa.n.wa./ka.ra.i.mo.no.ga./su.ki.mi.ta.i.de.su.

田中先生好像喜歡辣的食物。

例 あの人は近所の人みたいです。（名詞常體去掉だ＋みたい）

a.no.hi.to.wa./ki.n.jo.no.hi.to./mi.ta.i.de.su.

那個人好像是住附近的人。

例 このレストランはいいみたいです。（い形容詞常體＋みたい）

ko.no.re.su.to.ra.n.wa./i.i.mi.ta.i.de.su.

那家餐廳好像很好。

文法篇

單字篇

track 081

使用常體的表現－推測
～ようです

説　明

　　「よう」的意思和「みたい」一樣，但是「よう」是比較正式的說法。而在接續的方法上，也是「常體」＋「よう」。而名詞和な形容詞的接續方法則是：「名詞」＋「の」＋「よう」；「な形容詞」＋「な」＋「よう」。

句　型

　　常體＋ようです

例　句

例 彼は書くようです。（動詞常體＋よう）
ka.re.wa./ka.ku.yo.u.de.su.
他好像要寫。

例 彼は書かないようです。（動詞常體否定＋よう）
ka.re.wa./ka.ka.na.i.yo.u.de.su.
他好像不寫。

例 きのう、五百人が集まっているようです。（動詞常體＋よう）
ki.no.u./go.hya.ku.ni.n.ga./a.tsu.ma.tte.i.ru./yo.u.de.su.
昨天，好像聚集了五百個人。

例 風邪を引いてしまったようです。（動詞常體過去＋よう）
ka.ze.o./hi.i.te.shi.ma.tta./yo.u.de.su.
好像感冒了。

081 **track** 跨頁共同導讀

例 こちらのカレーのほうがおいしいようです。（い形容詞常體＋よう）
ko.chi.ra.no.ka.re.e.no.ho.u.ga./o.i.shi.i.yo.u.de.su.
這邊的咖哩好像比較好吃。

例 あの人は学生ではないようです。（名詞常體否定＋よう）
a.no.hi.to.wa./ga.ku.se.i.de.wa.na.i./yo.u.de.su.
那個人好像不是學生。

例 あの人は学生のようです。（名詞＋の＋よう）
a.no.hi.to.wa./ga.ku.se.i.no.yo.u.de.su.
那個人好像是學生。

例 田中さんは甘いものが好きなようです。（な形容詞＋な＋よう）
ta.na.ka.sa.n.wa./a.ma.i.mo.no.no.ga./su.ki.na.yo.u.de.su.
田中先生好像喜歡吃甜食。

track 082

使用常體的表現－表示決定
～ことにしました

説　明

　　「常體」＋「こと」＋「に」＋「します」，是表示自己決定要做某件事情。因為是要說明已經決定的事情，因此多半是用過去式來表示。

句　型

　　常體＋ことにしました

例　句

例 書くことにしました。
　ka.ku.ko.to.ni./shi.ma.shi.ta.
　決定要寫。

例 書かないことにしました。
　ka.ka.na.i.ko.to.ni./shi.ma.shi.ta.
　決定不寫。

例 甘いものを食べないことにしました。
　a.ma.i.mo.no.o./ta.be.na.i.ko.to.ni./shi.ma.shi.ta.
　決定不吃甜食。

例 野菜をたくさん食べることにしました。
　ya.sa.i.o./ta.ku.sa.n./ta.be.ru.ko.to.ni./shi.ma.shi.ta.
　決定要吃很多蔬菜。

083 **track**

使用常體的表現－表示結果
～ことになりました

說明

「ことになりました」是表示事情的結果演變成如此，是大家共同討論的結果，或者是自己無法控制的結果。如果是要接續名詞時，則要「名詞」＋「という」＋「ことになりました」。

句型

常體＋ことになりました

例句

例 今度東京へ転勤することになりました。
ko.n.do./to.u.kyo.u.e./te.n.ki.n.su.ru.ko.to.ni./na.ri.ma.shi.ta.
結果這次要調職到東京。（調職非自己可控制的結果）

例 始末書を書くことになりました。
shi.ma.tsu.sho.o./ka.ku.ko.to.ni./na.ri.ma.shi.ta.
結果要寫悔過書。（被迫要寫）

例 始末書を書かないことになりました。
shi.ma.tsu.sho.o./ka.ka.na.i.ko.to.ni./na.ri.ma.shi.ta.
結果不用寫悔過書。（非自己控制的結果）

例 話し合った結果、離婚ということになりました。
（離婚＋という＋ことになりました）
ha.na.shi.a.tta.ke.kka./ri.ko.n.to.i.u.ko.to.ni./na.ri.ma.shi.ta.
商量的結果，決定要離婚。（共同決定的結果，非個人決定）

文法篇
單字篇

`track` 跨頁共同導讀 083

例 誰も行きたくないので、一人で旅行することになりました。

da.re.mo.i.ki.ta.ku.na.i.no.de./hi.to.ri.de./ryo.ko.u.su.ru.ko.to.ni./na.ri.ma.shi.ta.

因為沒有別人要去，結果要一個人去旅行。（迫於無奈的決定）

`track` 084

使用常體的表現－表示目的
～つもりです

說明

「つもり」是「打算」「準備」的意思，表示自己打算要做某件事，或是不做某件事。

句型

常體＋つもりです

例句

例 書くつもりです。
ka.ku.tsu.mo.ri.de.su.
打算要寫。

例 書かないつもりです。
ka.ka.na.i./tsu.mo.ri.de.su.
不打算寫。

084 **track** 跨頁共同導讀

例 書くつもりはないです。
ka.ku.tsu.mo.ri.wa./na.i.de.su.
沒有寫的打算。（和上句類似）

例 句

例 買うつもりです。
ka.u.tsu.mo.ri.de.su.
打算買。

例 買わないつもりです。
ka.wa.na.i./tsu.mo.ri.de.su.
不打算買。

例 買うつもりはないです。
ka.u.tsu.mo.ri.wa./na.i.de.su.
沒有買的打算。（和上句類似）

例 句

例 来年日本へ旅行するつもりです。
ra.i.ne.n./ni.ho.n.e./ryo.ko.u.su.ru./tsu.mo.ri.de.su.
明年打算去日本旅行。

例 句

例 甘いものは、もう食べないつもりです。
a.ma.i.mo.no.wa./mo.u./ta.be.na.i./tsu.mo.ri.de.su.
準備從今後不再吃甜食。

文法篇

單字篇

track 085

使用常體的表現－表示自己的想法
～と思います

說明

「思います」是表示自己主觀的看法，表示自己覺得會做什麼事，或是表達自己的意見時，表示「我覺得～」。在日語對話中，常會用「思います」委婉表達自己的意見。

句型

常體＋と思います

例句

例 彼は書くと思います。（動詞常體＋と思います）
ka.re.wa./ka.ku.to./o.mo.i.ma.su.
我覺得他會寫。

例 彼は書かないと思います。（動詞常體否定＋と思います）
ka.re.wa./ka.ka.na.i.to./o.mo.i.ma.su.
我覺得他不會寫。

例句

例 先生は来ると思います。（動詞常體＋と思います）
se.n.se.i.wa./ku.ru.to./o.mo.i.ma.su.
我認為老師會來。

085 **track** 跨頁共同導讀

例 先生は来ないと思います。（動詞常體否定＋と思います）

se.n.se.i.wa./ko.na.i.to./o.mo.i.ma.su.

我認為老師不會來。

例 句

例 正しいと思います。（い形容詞常體＋と思います）

ta.da.shi.i.to./o.mo.i.ma.su.

我認為正確。

例 正しくないと思います。（い形容詞常體否定＋と思います）

ta.da.shi.ku.na.i.to./o.mo.i.ma.su.

我認為不正確。

例 句

例 きれいだと思います。（な形容詞＋だ＋と思います）

ki.re.i.da.to./o.mo.i.ma.su.

我覺得美麗。

例 きれいじゃないと思います。（な形容詞常體否定＋と思います）

ki.re.i.ja.na.i.to./o.mo.i.ma.su.

我覺得不美麗。

例 句

例 あの人は山田さんだと思います。（名詞＋だ＋と思います）

a.no.hi.to.wa./ya.ma.da.sa.n.da.to./o.mo.i.ma.su.

我覺得那個人是山田先生。

track 跨頁共同導讀 085

例 あの人は山田さんではないと思います。（名詞常
體否定＋と思います）

a.no.hi.to.wa./ya.ma.da.sa.n.de.wa.na.i.to./o.mo.i.ma.su.
我覺得那個人不是山田先生。

track 086

使用常體的表現－推測
～だろうと思います

說明

「だろう」是表示推測，也就是「大概～吧」的意思，再加上「思います」，即是「我覺得大概～吧」的意思。是表達自己的推測時所用的表現。在接續的方式上，動詞是「常體」＋「だろうと思います」，而「な形容詞」和「名詞」則是去掉常體的「だ」，直接加上「だろうと思います」。

句型

常體＋だろうと思います

例句

例 明日もきっといい天気だろうと思います。（名詞常體去掉だ＋だろう）

a.shi.ta.mo./ki.tto./i.i.te.n.ki.da.ro.u.to./o.mo.i.ma.su.
我想明天大概也會是好天氣吧。

例 たぶんこの辺も静かだろうと思います。（な形容詞常體去掉だ＋だろう）

ta.bu.n./ko.no.he.n.mo./shi.zu.ka.da.ro.u.to./o.mo.i.ma.su.
這附近大概很安靜吧。

086 **track** 跨頁共同導讀

例 沖縄では、今はもう暖かいだろうと思います。
（い形容詞常體＋だろう）

o.ki.na.wa.de.wa./i.ma.wa.mo.u./a.ta.ta.ka.i.da.ro.u.to./o.mo.i.ma.su.

沖繩現在大概很已經很暖和了吧。

例 彼はきっと書けるだろうと思います。（動詞常體＋
だろう）

ka.re.wa./ki.tto.ka.ke.ru.da.ro.u.to./o.mo.i.ma.su.

我覺得他大概會寫吧。

例 彼はきっと書けないだろうと思います。（動詞常
體否定＋だろう）

ka.re.wa./ki.tto./ka.ke.na.i.da.ro.u.to./o.mo.i.ma.su.

我覺得他大概不會寫吧。

087 **track**

使用常體的表現－表示可能
～かもしれません

説　明

「かもしれません」是表示「可能」「說不定」的意思，表示自己也不確定。在接續的方式上，是「常體」＋「かもしれません」；而「名詞」和「な形容詞」則是去掉常體的「だ」再加上「かもしれません」。

句　型

常體＋かもしれません

例　句

例 あの人はここの社長かもしれません。（名詞常體
去掉だ＋かもしれません）

track 跨頁共同導讀 087

a.no.hi.to.wa./ko.ko.no.sha.cho.u./ka.mo.shi.re.ma.se.n.
那個人說不定是這裡的社長。

例 そっちのほうが静かかもしれません。 （な形容詞
常體去掉だ＋かもしれません）
so.cchi.no.ho.u.ga./shi.zu.ka.ka.mo.shi.re.ma.se.n.
那邊說不定會比較安靜。

例 雪が降るかもしれません。 （動詞常體＋かもしれ
ません）
yu.ki.ga./fu.ru.ka.mo.shi.re.ma.se.n.
說不定會下雪。

例 彼はもう寝ているかもしれません。 （動詞常體＋
かもしれません）
ka.re.wa./mo.u./ne.te.i.ru./ka.mo.shi.re.ma.se.n.
他說不定已經睡了。

例 あの人は来ないかもしれません。 （動詞常體否定
＋かもしれません）
a.no.hi.to.wa./ko.na.i.ka.mo.shi.re.ma.se.n.
那個人說不定不來了。

例 あの人は来るかもしれません。 （動詞常體＋かも
しれません）
a.no.hi.to.wa./ku.ru.ka.mo.shi.re.ma.se.n.
那個人說不定會來。

例 このままでいいかもしれません。 （い形容詞常體
＋かもしれません）
ko.no.ma.ma.de./i.i./ka.mo.shi.re.ma.se.n.
就照這樣說不定很好。

088 **track**

使用常體的表現－不確定
〜かどうかわかりません

說　明

　　「〜かどうか」是表示「要不要〜」或「會不會〜」，「かわかりません」則是「不知道」的意思。「〜かどうかわかりません」全句意思即是「不知道會不會〜」。

　　接續的方式是「常體」＋「かどうか」，但是「名詞」和「な形容詞」則要去掉常體的「だ」再加上「かどうか」。

句　型

　　常體＋かどうかわかりません

例　句

例 書くかどうかわかりません。　（動詞常體＋かどうか）

ka.ku.ka./do.u.ka./wa.ka.ri.ma.se.n.
不知道寫不寫。

例 買うかどうかわかりません。　（動詞常體＋かどうか）

ka.u.ka.do.u.ka./wa.ka.ri.ma.se.n.
不知道買不買。

例 するかどうかわかりません。　（動詞常體＋かどうか）

su.ru.ka.do.u.ka./wa.ka.ri.ma.se.n.
不知道做不做。

track 跨頁共同導讀 088

例 できるかどうかわかりません。（動詞常體＋かどうか）
de.ki.ru.ka.do.u.ka./wa.ka.ri.ma.se.n.
不知道辦不辦得到。

例 食べるかどうかわかりません。（動詞常體＋かどうか）
ta.be.ru.ka.do.u.ka./wa.ka.ri.ma.se.n.
不知道吃不吃。

例 来るかどうかわかりません。（動詞常體＋かどうか）
ku.ru.ka.do.u.ka./wa.ka.ri.ma.se.n.
不知道來不來。

例 彼は先生かどうかわかりません。（名詞常體去掉だ＋かどうか）
ka.re.wa./se.n.se.i.ka.do.u.ka./wa.ka.ri.ma.se.n.
不知道他是不是老師。

例 パソコンは便利かどうかわかりません。（な形容詞常體去掉だ＋かどうか）
pa.so.ko.n.wa./be.n.ri.ka.do.u.ka./wa.ka.ri.ma.se.n.
不知電腦便不便利。

例 テストは難しいかどうかわかりません。（い形容詞常體＋かどうか）
te.su.to.wa./mu.zu.ka.shi.i.ka./do.u.ka./wa.ka.ri.ma.se.n.
不知道考試難不難。

088 **track** 跨頁共同導讀

使用常體的表現－主觀推測

～んじゃないかと思います

說　明

　　「～んじゃないか」是表示「不是～嗎」，用法類似於中文裡的「不是～嗎」，也就是反問的方式，如「不是他嗎」，意思其實為「是他吧」。後面加上「と思います」則表示是自己認為的想法。在接續的方式上，則是「常體」＋「んじゃないかと思います」；而「名詞」和「な形容詞」則要把常體的「だ」換成「な」再加上「んじゃないかと思います」。

句　型

　　常體＋んじゃないかと思います

例　句

例 彼は書くんじゃないかと思います。（動詞常體＋ん＋じゃないか）

ka.re.wa./ka.ku.n.ja.na.i.ka./to.o.mo.i.ma.su.

我想他應該要寫吧。

例 彼は書かないんじゃないかと思います。（動詞常體否定＋ん＋じゃないか）

ka.re.wa./ka.ka.na.i.n.ja.na.i.ka.to./o.mo.i.ma.su.

我想他應該不會寫吧。

track 跨頁共同導讀 088

⑩ 彼は来るんじゃないかと思います。（動詞常體＋ん＋じゃないか）

ka.re.wa.ku.ru.n.ja.na.i.ka.to./o.mo.i.ma.su.

我想他應該要來吧。

⑩ 彼は来ないんじゃないかと思います。（動詞常體否定＋ん＋じゃないか）

ka.re.wa./ko.na.i.n.ja.na.i.ka./to.o.mo.i.ma.su.

我想他應該不會來吧。

⑩ 彼は会社を辞めないんじゃないかと思います。（動詞常體否定＋ん＋じゃないか）

ka.re.wa./ka.i.sha.o./ya.me.na.i.n.ja.na.i.ka./to.o.mo.i.ma.su.

我想他應該不會辭職吧。

⑩ 彼は先生なんじゃないかと思います。（名詞＋なん＋じゃないか）

ka.re.wa./se.n.se.i.na.n.ja.na.i.ka./to.o.mo.i.ma.su.

我想他應該是老師吧。

⑩ パソコンは便利なんじゃないかと思います。（な形容詞＋なん＋じゃないか）

pa.so.ko.n.wa./be.n.ri.na.n.ja.na.i.ka./to.o.mo.i.ma.su.

我想電腦應該很方便吧。

⑩ 明日のテストは難しいんじゃないかと思います。（い形容詞常體＋ん＋じゃないか）

a.shi.ta.no.te.su.to.wa./mu.zu.ka.shi.i.n.ja.na.i.ka./to.o.mo.i.ma.su.

明天的考試應該很難吧。

089 **track**

使用常體的表現－轉述
～と言いました

說　明

「と言いました」是表示「說：～」，通常用在敘述某人說了什麼話。

句　型

常體＋と言いました

例　句

例 彼は書くと言いました。（動詞常體＋と言いました）

ka.re.wa./ka.ku.to./i.i.ma.shi.ta.

他說要寫。

例 彼は書かないと言いました。（動詞常體否定＋と言いました）

ka.re.wa./ka.ka.na.i.to./i.i.ma.shi.ta.

他說不寫。

例 先生は行くと言いました。（動詞常體＋と言いました）

se.n.se.i.wa./i.ku.to./i.i.ma.shi.ta.

老師說會去。

例 先生は行かないと言いました。（動詞常體否定＋と言いました）

se.n.se.i.wa./i.ka.na.i.to./i.i.ma.shi.ta.

老師說不會去。

track 跨頁共同導讀 089

例 彼はここは静かだと言いました。（な形容詞＋だ
＋と言いました）

ka.re.wa./ko.ko.wa./shi.zu.ka.da.to./i.i.ma.shi.ta.

他說這裡很安靜。

例 先生は彼はいい学生だと言いました。（名詞＋だ
＋と言いました）

se.n.se.i.wa./ka.re.wa./i.i.ga.ku.se.i.da.to./i.i.ma.shi.ta.

老師說他是好學生。

例 社長はおいしいと言いました。（い形容詞常體＋
と言いました）

sha.cho.u.wa./o.i.shi.i.to./i.i.ma.shi.ta.

社長說好吃。

 track 090

使用常體的表現－表示聽到、聽說
～と聞いています

說 明

「と聞いています」是「聽說」的意思，用在表示自己聽
說了什麼事情。

句 型

常體＋と聞いています

090 **track** 跨頁共同導讀

例 句

例 彼はレポートを出すと聞いています。（動詞常體
＋と聞いています）

ka.re.wa./re.po.o.to.o./da.su.to./ki.i.te.i.ma.su.

聽說他要交報告。

例 彼はレポートを出さないと聞いています。（動詞
常體否定＋と聞いています）

ka.re.wa./re.po.o.to.o./da.sa.na.i.to./ki.i.te.i.ma.su.

聽說他不交報告。

例 ここは昔は公園だったと聞いています。（名詞常
體過去＋と聞いています）

ko.ko.wa./mu.ka.shi.wa./ko.u.e.n.da.tta.to./ki.i.te.i.ma.su.

聽說這裡以前是公園。

例 先週のテストは難しかったと聞いています。（い
形容詞常體過去＋と聞いています）

se.n.shu.u.no./te.su.to.wa./mu.zu.ka.shi.ka.tta.to./ki.i.te.i.ma.su.

聽說上週的考試很難。

例 新しい携帯は便利だと聞いています。（な形容詞
＋だ＋と聞いています）

a.ta.ra.shi.i./ke.i.ta.i.wa./be.n.ri.da.to./ki.i.te.i.ma.su.

聽說新型手機很方便。

文法篇

單字篇

track 091

授受表現－得到

1. Ａ は Ｂ から Ｎ をもらいます
2. Ａ は Ｂ に Ｎ をもらいます

說 明

　　授受表現是日語中相當重要的一環。不但要弄清楚是從哪邊拿來，還要注意到對方是平輩還是長輩，而選用不同的動詞。

　　「もらいます」是表示「得到」的意思，一般是用在平輩或是晚輩關係上。「から」或是「に」則表示是從何處得來的。例句中的主詞是「私は」，因此得到東西的是主詞「我」，而得到的東西則是「本」。

句 型

　　1. 主詞は＋對方に＋物品をもらいます
　　2. 主詞は＋對方から＋物品をもらいます

例 句

例 私は友達に本をもらいました。
wa.ta.shi.wa./to.mo.da.chi.ni./ho.n.o./mo.ra.i.ma.shi.ta.
我從朋友那兒得到一本書。

例 私は友達にお土産をもらいました。
wa.ta.shi.wa./to.mo.da.chi.ni./o.mi.ya.ge.o./mo.ra.i.ma.shi.ta.
我從朋友那兒得到伴手禮。

例 （私は）友達に資料をもらいました。
wa.ta.shi.wa./to.mo.da.chi.ni./shi.ryo.u.o./mo.ra.i.ma.shi.ta.
（我從）朋友那兒得到資料。

091 **track** 跨頁共同導讀

例 彼女は友達から手紙をもらいました。
ka.no.jo.wa./to.mo.da.chi.ka.ra./te.ga.mi.o./mo.ra.i.ma.shi.ta.
她從朋友那兒得到了信。

例 彼は彼女からお守りをもらいました。
ka.re.wa./ka.no.jo.ka.ra./o.ma.mo.ri.o./mo.ra.i.ma.shi.ta.
他從她那兒得到了御守符。

092 **track**

授受表現－得到（較禮貌的說法）
1. A は B から N をいただきます
2. A は B に N をいただきます

說明

「いただきます」的意思也是「得到」，但是比「もらいます」還要更有禮貌，也就是說：「いただきます」是用在授受關係發生在長輩或位階比自己高的人時。「から」和「に」都表示從哪裡得到的意思。

句型

1. 主詞は＋對方に＋物品をいただきます
2. 主詞は＋對方から＋物品をいただきます

例句

例 私は上司にプレゼントをいただきました。
wa.ta.shi.wa./jo.u.shi.ni/pu.re.ze.n.to.o./i.ta.da.ki.ma.shi.ta.
我從上司那兒得到禮物。

文法篇　單字篇

track 跨頁共同導讀 092

㊀ 私は課長にお土産をいただきました。

wa.ta.shi.wa./ka.cho.u.ni./o.mi.ya.ge.o./i.ta.da.ki.ma.shi.ta.

我從課長那兒得到伴手禮。

㊀ 彼は先生からペンケースをいただきました。

ka.re.wa./se.n.se.i.ka.ra./pe.n.ke.e.su.o./i.ta.da.ki.ma.shi.ta.

他從老師那兒得到了鉛筆盒。

㊀ 彼女は社長に誕生日プレゼントをいただきました。

ka.no.jo.wa./sha.cho.u.ni./ta.n.jo.u.bi.pu.re.ze.n.to.o./i.ta.da.ki.ma.shi.ta.

她從社長那兒得到了生日禮物。

㊀ 私は先生に本をいただきました。

wa.ta.shi.wa./se.n.se.i.ni./ho.n.o./i.ta.da.ki.ma.shi.ta.

我從老師那兒得到了書。

 track 093

授受表現－給予（1）

AはBにNをあげます

說　明

　　「あげます」是「給」的意思，是用在上對下的關係，也就是給晚輩或家人東西時，是用「**あげました**」，不可以用在長輩或地位較自己高的人。而在句中的「**に**」則是表示把東西給了誰。

093 **track** 跨頁共同導讀

句型

主詞は＋對象に＋物品をあげます

例句

例 私は弟にゲームをあげました。
wa.ta.shi.wa./o.to.u.to.ni./ge.e.mu.o./a.ge.ma.shi.ta.
我給弟弟遊戲。

例 父は妹にぬいぐるみをあげました。
chi.chi.wa./i.mo.u.to.ni./nu.i.gu.ru.mi.o./a.ge.ma.shi.ta.
爸爸給妹妹布偶。

例 母は妹に洋服をあげました。
ha.ha.wa./i.mo.u.to.ni./yo.u.fu.ku.o./a.ge.ma.shi.ta.
媽媽給妹妹衣服。

例 私は妹に飴をあげました。
wa.ta.shi.wa./i.mo.u.to.ni./a.me.o./a.ge.ma.shi.ta.
我給妹妹糖果。

例 母は弟に本をあげました。
ha.ha.wa./o.to.u.to.ni./ho.n.o./a.ge.ma.shi.ta.
媽媽給弟弟書。

例 父は妹にプレゼントをあげました。
chi.chi.wa./i.mo.u.to.ni./pu.re.ze.n.to.o./a.ge.ma.shi.ta.
爸爸給妹妹禮物。

文法篇

單字篇

track 094

授受表現－給予（2）

ＡはＢにＢをくれます

說　明

　　「くれます」也是「給」的意思，但是用在主詞是長輩或地位較高者的時候，也就是做「給」的這個動作的人，是處於高位的，而「給」的動作是在高位者給位階較低者。「に」的前面，則是表示接受物品的人。

句　型

　　主詞は＋對象に＋物品をくれます

例　句

例 隣の人は私に本をくれました。

to.na.ri.no.hi.to.wa./wa.ta.shi.ni./ho.n.o./ku.re.ma.shi.ta.

鄰居給我一本書。

例 先生は私にケーキをくれました。

se.n.se.i.wa./wa.ta.shi.ni./ke.e.ki.o.ku.re.ma.shi.ta.

老師給我蛋糕。

例 父は私に腕時計をくれました。

chi.chi.wa./wa.ta.shi.ni./u.de.do.ke.i.o./ku.re.ma.shi.ta.

爸爸給我手錶。

例 上司は私にお土産をくれました。

jo.u.shi.wa./wa.ta.shi.ni./o.mi.ya.ge.o./ku.re.ma.shi.ta.

上司給我伴手禮。

文
法
篇

單
字
篇

授受表現－給予（3）

AはBにNをさしあげます

說 明

　　「さしあげます」是用在位階較低者送東西給位階較高者時，也就是當主詞是位階較低的人，而接受禮物的人位階較高的時候，就用「さしあげました」。比如例句中，送禮物的人是「私」，而送禮的對象是「先生」因此就要用「さしあげました」來表示自己的敬意。

句 型

　　主詞は＋對象に＋物品をさしあげます

例 句

例 私は上司にプレゼントをさしあげました。

wa.ta.shi.wa./jo.u.shi.ni./pu.re.ze.n.to.o./sa.shi.a.ge.ma.shi.ta.

我送上司禮物。

例 私は課長にお土産をさしあげました。

wa.ta.shi.wa./ka.cho.u.ni./o.mi.ya.ge.o./sa.shi.a.ge.ma.shi.ta.

我送課長伴手禮。

例 先生にケーキをさしあげました。

se.n.se.i.ni./ke.e.ki.o./sa.shi.a.ge.ma.shi.ta.

送老師蛋糕。

track 096

授受表現－幫忙（動作）

ＡがＢにＶてくれます

說 明

　　在授受關係中，還可以加上「て形」來表示動作的授受。比如例句中「来てくれました」的主詞是「友達」，也就是朋友為我做了「来て」的動作。而句中的「私に」（接受的對象）在一般的對話中，通常都會省略。若是做動作的對方是地位更高的人，就要用「くださいます」。

句 型

　　主詞が＋對方に＋動詞て形＋くれます

例 句

例 友達が来てくれました。
to.mo.da.chi.ga./ki.te.ku.re.ma.shi.ta.
朋友為我來了。

例 母が買ってくれました。
ha.ha.ga./ka.tte.ku.re.ma.shi.ta.
母親為我買了。

例 彼が助けてくれました。
ka.re.ga./ta.su.ke.te./ku.re.ma.shi.ta.
他為我伸出援手。

例 彼女が食べてくれました。
ka.no.jo.ga./ta.be.te.ku.re.ma.shi.ta.
她幫我吃了。

096 **track** 跨頁共同導讀

例 彼が書いてくれました。
ka.re.ga./ka.i.te./ku.re.ma.shi.ta.
他幫我寫了。

例 先生が教えてくださいます。
se.n.se.i.ga./o.shi.e.te.ku.da.sa.i.ma.su.
老師教我。

 097 **track**

授受表現－受到幫忙（動作）

AはBにVてもらいます

説　明

　　「もらいます」的前面加上「て形」是表示自己接受了對方的動作，「て形」前的動詞是對方的動作，「もらいました」則是表示自己接受的意思。若做動作的對方是地位更高的人，那麼就要用「いただきます」。而句中的主詞「私は」在對話中通常會省略。

句　型

　　主詞は＋對方に＋動詞て形＋もらいます

例　句

例 友達に助けてもらいました。
to.mo.da.chi.ni./ta.su.ke.te./mo.ra.i.ma.shi.ta.
得到朋友的幫助。

例 山田さんにお金を貸してもらいました。
ya.ma.da.sa.n.ni./o.ka.ne.o./ka.shi.te./mo.ra.i.ma.shi.ta.
山田先生借錢給我。

track 跨頁共同導讀 097

例 彼に行き方を教えてもらいました。
ka.re.ni./i.ki.ka.ta.o./o.shi.e.te./mo.ra.i.ma.shi.ta.
他教我去的方法。

例 彼女に地図を描いてもらいました。
ka.no.jo.ni./chi.zu.o./ka.i.te./mo.ra.i.ma.shi.ta.
她畫了地圖給我。

例 先生に来ていただきました。
se.n.se.i.ni./ki.te.i.ta.da.ki.ma.shi.ta.
老師為了我來了。

例 課長に出席していただきました。
ka.cho.u.ni./shu.sse.ki.shi.te./i.ta.da.ki.ma.shi.ta.
得到課長的出席。

track 098

授受表現－給予幫助（動作）

ＡがＢにＶてあげます

説 明

　　前面曾經提過「**あげます**」是用在比自己地位低的人，因此通常是平輩、晚輩。同樣的，「**あげます**」也可以配合「て形」來使用。主詞是地位較高的人，動作的對象則是地位較低的人。

098 **track** 跨頁共同導讀

句　型

主詞が＋對象に＋動詞て形＋あげます

例　句

例 兄が妹に数学を教えてあげました。

a.ni.ga./i.mo.u.to.ni./su.u.ga.ku.o./o.shi.e.te./a.ge.ma.shi.ta.

哥哥教妹妹數學。

例 私が弟に手伝ってあげました。

wa.ta.shi.ga./o.to.u.to.ni./te.tsu.da.tte./a.ge.ma.shi.ta.

我幫弟弟的忙。

例 私が友達に料理を作ってあげました。

wa.ta.shi.ga./to.mo.da.chi.ni./ryo.u.ri.o./tsu.ku.tte./a.ge.ma.shi.ta.

我做菜給朋友吃。

例 私が彼にごみを出してあげました。

wa.ta.shi.ga./ka.re.ni./go.mi.o.da.shi.te./a.ge.ma.shi.ta.

我幫他倒垃圾。

例 私が彼女に嫌いな物を食べてあげました。

wa.ta.shi.ga./ka.no.jo.ni./ki.ra.i.na.mo.no.o./ta.be.te./a.ge.ma.shi.ta.

我幫她吃掉討厭的食物。

例 姉が弟に洗濯してあげました。

a.ne.ga./o.to.u.to.ni./se.n.ta.ku.shi.te./a.ge.ma.shi.ta.

姊姊幫弟弟洗衣服。

N4 この一冊で合格！

單字篇

 099 **track**

あ行

あいさつ
a.i.sa.tsu.
義 打招呼、寒喧 ⇨ 名詞

例 笑顔であいさつする。
e.ga.o.de./a.i.sa.tsu.su.ru.
帶著笑容打招呼。

間（あいだ）
a.i.da.
義 空間、期間、之間 ⇨ 名詞

例 行と行の間を少しあけなさい。
gyo.u.to.gyo.u.no./a.i.da.o./su.ko.shi./a.ke.na.sa.i.
行距稍微拉大一點。

例 留守の間に部屋に泥棒が入った。
ru.su.no./a.i.da.ni./he.ya.ni./do.ro.bo.u.ga./ha.i.tta.
不在家的時候，房間遭了小偷。

合う（あ）
a.u.
義 適合、符合 ⇨ 動詞

例 彼の話は事実と全く合っていない。
ka.re.no./ha.na.shi.wa./ji.ji.tsu.to./ma.tta.ku./a.tte.i.na.i.
他的話和事實完全不符。

track 跨頁共同導讀 099

例 この服は私に合わない。

ko.no.fu.ku.wa./wa.ta.shi.ni./a.wa.na.i.

這件衣服不適合我。

赤ちゃん

a.ka.cha.n.

義 嬰兒 ⇨ 名詞

例 赤ちゃんが生まれた。

a.ka.cha.n.ga./u.ma.re.ta.

小嬰兒出生了。

上がる

a.ga.ru.

義 爬上、提升、上升 ⇨ 動詞

例 はしごで屋根に上がった。

ha.shi.go.de./ya.ne.ni./a.ga.tta.

用梯子爬上屋頂。

例 今学期は成績が上がった。

ko.n.ga.kki.wa./se.i.se.ki.ga./a.ga.tta.

這學期的成績進步了。

例 来年から税金が上がる。

ra.i.ne.n.ka.ra./ze.i.ki.n.ga./a.ga.ru.

明年開始要增稅。

 100 **track**

あ
開く
a.ku.
義 開、打開　⇨ 動詞

例 店は 10 時に開く。
mi.se.wa./ju.u.ji.ni./a.ku.
十點開店。

アクセサリー
a.ku.se.sa.ri.i.
義 飾品　⇨ 名詞

例 アクセサリーをつける。
a.ku.se.sa.ri.i.o./tsu.ke.ru.
戴飾品。

あ
挙げる
a.ge.ru.
義 舉起、舉　⇨ 動詞

例 賛成の人は手を挙げてください。
sa.n.se.i.no./hi.to.wa./te.o.a.ge.te./ku.da.sa.i.
贊成的人請舉手。

あさ
浅い
a.sa.i.
義 淺的、膚淺的　⇨ い形

文法篇

單字篇

track 跨頁共同導讀 100

例 浅いところで泳ぐ。

a.sa.i.to.ko.ro.de./o.yo.gu.

在淺處游泳。

味
a.ji.
義 味道　⇨ 名詞

例 味をつける。

a.ji.o./tsu.ke.ru.

調味。(加調味料)

アジア
a.ji.a.
義 亞洲　⇨ 名詞

例 東南アジア。

to.u.na.n./a.ji.a.

東南亞。

遊ぶ
a.so.bu.
義 玩、遊玩　⇨ 動詞

例 外に遊びに行ってもいい？

so.to.ni./a.so.bi.ni./i.tte.mo.i.i.

可以到外面玩嗎？

 101 **track**

集まる
あつ
a.tsu.ma.ru.
義 聚集 ⇨ 動詞

例 子供たちは運動場に集まった。
ko.do.mo.ta.chi.wa./u.n.do.u.jo.u.ni./a.tsu.ma.tta.
孩子們聚集在運動場上。

集める
あつ
a.tsu.me.ru.
義 招集、收集 ⇨ 動詞

例 子供たちを集めてサッカーをしよう。
ko.do.mo.ta.chi.o./a.tsu.me.te./sa.kka.a.o./shi.yo.u.
招集孩子們一起來踢足球。

アナウンサー
a.na.u.n.sa.a.
義 主播、播報員 ⇨ 名詞

例 将来アナウンサーになりたいです。
sho.u.ra.i./a.na.u.n.sa.a.ni./na.ri.ta.i.de.su.
我將來想當主播。

アフリカ
a.fu.ri.ka.
義 非洲 ⇨ 名詞

track 跨頁共同導讀 101

例 わたしはアフリカから来ました。
wa.ta.shi.wa./a.fu.ri.ka./ka.ra./ki.ma.shi.ta.
我是從非洲來的。

アメリカ
a.me.ri.ka.
義 美國 ⇨ 名詞

例 ミラーさんはアメリカ人です。
mi.ra.a.sa.n.wa./a.me.ri.ka.ji.n.de.su.
米勒先生是美國人。

謝る
a.ya.ma.ru.
義 道歉 ⇨ 動詞

例 彼は店主に謝った。
ka.re.wa./te.n.shu.ni./a.ya.ma.tta.
他向老闆道歉。

アルバイト
a.ru.ba.i.to.
義 打工 ⇨ 名詞

例 アルバイトをしながら大学を出た。
a.ru.ba.i.to.o./shi.na.ga.ra./da.i.ga.ku.o./de.ta.
靠著半工半讀從大學畢業。

102 **track**

あんしん
安心
a.n.shi.n.
義 放心 ⇨ 名詞、な形

例 それを聞いて安心した。
so.re.o./ki.i.te./a.n.shi.n.shi.ta.
聽到那件事後就安心了。

あんぜん
安全
a.n.ze.n.
義 安全、平安 ⇨ 名詞、な形

例 安全な旅を祈ります。
a.n.ze.n.na./ta.bi.o./i.no.ri.ma.su.
祈禱有平安的旅行。

あんない
案内
a.n.na.i.
義 介紹、引導 ⇨ 名詞

例 社長の部屋に案内された。
sha.cho.u.no./he.ya.ni./a.n.na.i.sa.re.ta.
被引導到社長的辦公室。

いか
以下
i.ka.
義 以下 ⇨ 名詞、副詞

track 跨頁共同導讀 102

例 彼女は 40 歳以下かもしれない。

ka.no.jo.wa./yo.n.ju.u.sa.i.i.ka./ka.mo.shi.re.na.i.

她說不定是 40 歳以下。

いがい
以外
i.ga.i.
義 以外 ⇨ 名詞、副詞

例 彼女は小説以外には何も読まない。

ka.no.jo.wa./sho.u.se.tsu.i.ga.i.ni.wa./na.ni.mo./yo.ma.na.i.

她除了小說之外，什麼都不讀。

いけん
意見
i.ke.n.
義 意見 ⇨ 名詞

例 意見を述べる。

i.ke.n.o./no.be.ru.

陳述意見。

いし
石
i.shi.
義 石頭 ⇨ 名詞

例 石を投げる。

i.shi.o./na.ge.ru.

丟石頭。

103 **track**

いじょう
以上
i.jo.u.
義 以上 ⇨ 名詞、副詞

ぶんいじょうま
例 10分以上待つ。
ju.bbu.n.i.jo.u./ma.tsu.
等了十分鐘以上。

いそ
急ぐ
i.so.gu.
義 趕快 ⇨ 動詞

いそ だいじょうぶ
例 急がなくても大丈夫。
i.so.ga.na.ku.te.mo./da.i.jo.u.bu.
不用急沒關係。

いちど
一度
i.chi.do.
義 一次 ⇨ 副詞

いちど じゅぎょう けっせき
例 一度も授業を欠席したことがない。
i.chi.do.mo./ju.gyo.u.o./ke.sse.ki.shi.ta./ko.to.ga./na.i.
上課一次都沒缺席過。

いっしょうけんめい
一生懸命
i.ssho.u.ke.n.me.i.
義 盡全力、拚命 ⇨ 名詞、な形

track 跨頁共同導讀 103

例 一生懸命勉強した。

i.ssho.u.ke.n.me.i./be.n.kyo.u.shi.ta.

盡全力努力念書。

いっぱい
i.ppa.i.
義 一杯、飲酒、充滿 ⇨ 名詞、副詞

例 一杯いかがですか。

i.ppa.i./i.ka.ga.de.su.ka.

要不要喝一杯？

例 もうおなかが一杯です。

mo.u./o.na.ka.ga./i.ppa.i.de.su.

我已經很飽了。

例 お茶をもう一杯いかがですか。

o.cha.o./mo.u./i.ppa.i./i.ka.ga.de.su.ka.

要不要再來一杯茶？

糸
i.to.
義 線 ⇨ 名詞

例 糸が切れた。

i.to.ga./ki.re.ta.

線斷了。

104 **track**

いなか
田舎
i.na.ka.
義 鄉下、故鄉 ⇨ 名詞

例 田舎に住む。
i.na.ka.ni./su.mu.
住在鄉下。

例 私の田舎は北海道です。
wa.ta.shi.no./i.na.ka.wa./ho.kka.i.do.u.de.su.
我的故鄉是北海道。

いの
祈る
i.no.ru.
義 祈禱 ⇨ 動詞

例 彼は小声で祈った。
ka.re.wa./ko.go.e.de./i.no.tta.
他小聲地祈禱。

う
植える
u.e.ru.
義 種植 ⇨ 動詞

例 庭に桜の木を植える。
ni.wa.ni./sa.ku.ra.no.ki.o./u.e.ru.
在院子裡種下櫻花。

track 跨頁共同導讀 104

受付
u.ke.tsu.ke.
義 受理、詢問處　⇨ 名詞

例 受付で聞いてみます。
u.ke.tsu.ke.de./ki.i.te./mi.ma.su.
去詢問處問問看。

例 受け付け期限は明日だ。
u.ke.tsu.ke./ki.ge.n.wa./a.shi.ta.da.
受理期限到明天。

受ける
u.ke.ru.
義 接受　⇨ 動詞

例 彼から注文を受けた。
ka.re.ka.ra./chu.u.mo.n.o./u.ke.ta.
收到他的訂購。

例 大学の入学試験を受けた。
da.i.ga.ku.no./nyu.u.ga.ku.shi.ke.n.o./u.ke.ta.
參加大學入學考試。

例 授業を受ける。
ju.gyo.u.o./u.ke.ru.
上課。

105 **track**

動く
u.go.ku.
義 動 ⇨ 動詞

例 動くな。
u.go.ku.na.
不准動。

例 停電で電車が動かなくなった。
te.i.de.n.de./de.n.sha.ga./u.go..ka.na.ku.na.tta.
因為停電所以火車不能動。

うそ
u.so.
義 謊言 ⇨ 名詞

例 うそをつく。
u.so.o./tsu.ku.
說謊。

うち
u.chi.
義 家、我家 ⇨ 名詞

例 来月はうちで集まりましょう。
ra.i.ge.tsu.wa./u.chi.de./a.tsu.ma.ri.ma.sho.u.
下個月到我家聚會吧。

track 跨頁共同導讀 105

打つ
u.tsu.
義 打 ⇨ 動詞

例 子供の頭を打つ。
ko.do.mo.no./a.ta.ma.o./u.tsu.
打小孩的頭。

例 予防注射を打ってもらった。
yo.bo.u.chu.u.sha.o./u.tte./mo.ra.tta.
打預防針。/接受預防注射。

美しい
u.tsu.ku.shi.i.
義 美麗、美好 ⇨ い形

例 ここからの眺めはとても美しいです。
ko.ko.ka.ra.no./na.ga.me.wa./to.te.mo./u.tsu.ku.shi.i.de.su.
從這裡看出去的景色，十分美麗。

例 彼女は美しい心の持ち主だった。
ka.no.jo.wa./u.tsu.ku.shi.i./ko.ko.ro.no./mo.chi.nu.shi.da.tta.
她有一顆美好善良的心。

track 106

うまい
u.ma.i.
義 好吃、擅長 ⇨ い形

106 **track** 跨頁共同導讀

例 このケーキはうまい。

ko.no.ke.e.ki.wa./u.ma.i.

這個蛋糕很好吃。

例 彼女はピアノがうまい。

ka.no.jo.wa./pi.a.no.ga./u.ma.i.

她很會彈鋼琴。

裏

u.ra.

義 裡面、背面　⇨ 名詞

例 表紙の裏に答えがある。

hyo.u.shi.no./u.ra.ni./ko.ta.e.ga./a.ru.

在封面的背頁上印有答案。

売り場

u.ri.ba.

義 賣場　⇨ 名詞

例 売り場に勤める。

u.ri.ba.ni./tsu.to.me.ru.

在賣場工作。

うれしい

u.re.shi.i.

義 高興　⇨ い形

例 涙が出るほどうれしかった。

na.mi.da.ga./de.ru.ho.do./u.re.shi.ka.tta.

高興得都快哭了。

track 跨頁共同導讀 106

うんてん
運転
u.n.te.n.
義 駕駛　⇨ 名詞

例 車を運転する。
ku.ru.ma.o./u.n.te.n.su.ru.
開車。

例 自動車の運転を習う。
ji.do.u.sha.no./u.n.te.n.o./na.ra.u.
學開車。

うんてんしゅ
運転手
u.n.te.n.shu.
義 駕駛　⇨ 名詞

例 彼はバスの運転手です。
ka.re.wa./ba.su.no./u.n.te.n.shu.de.su.
他是公車(巴士)司機。

うんどう
運動
u.n.do.u.
義 運動　⇨ 名詞

例 毎日運動しています。
ma.i.ni.chi./u.n.do.u.shi.te.i.ma.su.
每天運動。

文法篇

單字篇

エスカレーター
e.su.ka.re.e.ta.a.
義 電扶梯　⇨ 名詞

例 エスカレーターに乗ります。
e.su.ka.re.e.ta.a.ni./no.ri.ma.su.
坐電扶梯。

選ぶ
e.ra.bu.
義 選擇　⇨ 動詞

例 好きなものを選ぶ。
su.ki.na.mo.no.o./e.ra.bu.
選喜歡的東西。

お祝い
o.i.wa.i.
義 祝福、祝賀　⇨ 名詞

例 お誕生日のお祝いを申し上げます。
o.ta.n.jo.u.bi.no./o.i.wa.i.o./mo.u.shi.a.ge.ma.su.
表達對您生日的祝賀。

おかしい
o.ka.shi.i.
義 奇怪、有趣　⇨ い形

track 跨頁共同導讀 107

例 このごろ彼の行動は少しおかしい。

ko.no.go.ro./ka.re.no./ko.u.do.u.wa./su.ko.shi./o.ka.shi.i.

這陣子他的行為有點奇怪。

例 何がそんなにおかしいんですか。

na.ni.ga./so.n.na.ni./o.ka.shi.i.n.de.su.ka.

有什麼好笑的？

贈り物

o.ku.ri.mo.no.

義 禮物 ⇨ 名詞

例 贈り物をもらう。

o.ku.ri.mo.no.o./mo.ra.u.

收到禮物。

送る

o.ku.ru.

義 送、寄送 ⇨ 動詞

例 駅まで送りましょう。

e.ki.ma.de./o.ku.ri./ma.sho.u.

我送你到車站吧。

例 人に小包を送る。

hi.to.ni./ko.zu.tsu.mi.o./o.ku.ru.

寄送包裹給人。

 108 **track**

文法篇

單字篇

遅れる
お.く.れ.る
o.ku.re.ru.
義 遅到、晚了　⇨ 動詞

例 学校に遅れる。
ga.kko.u.ni./o.ku.re.ru.
上學遲到。

例 宿題の提出が遅れた。
shu.ku.da.i.no./te.i.shu.tsu.ga./o.ku.re.ta.
遲交作業。

起こす
お
o.ko.su.
義 叫醒　⇨ 動詞

例 7時に起こしてください。
shi.chi.ji.ni./o.ko.shi.te./ku.da.sa.i.
七點叫我起床。

行う
おこな
o.ko.na.u.
義 舉行　⇨ 動詞

例 10日に卒業式を行う。
to.o.ka.no./so.tsu.gyo.u.shi.ki.o./o.ko.na.u.
十日要舉行畢業典禮。

track 跨頁共同導讀 108

怒る
o.ko.ru.
義 生氣、責罵 ⇨ 動詞

例 彼女は彼の言葉を聞いて怒った。
ka.no.jo.wa./ka.re.no./ko.to.ba.o./ki.i.te./o.ko.tta.
她聽了他的話之後生氣了。

例 あの子はよく先生に怒られる。
a.no.ko.wa./yo.ku./se.n.se.i.ni./o.ko.ra.re.ru.
那個孩子常被老師責罵。

押し入れ
o.shi.i.re.
義 壁櫃 ⇨ 名詞

例 押し入れにしまう。
o.shi.i.re.ni./shi.ma.u.
收到壁櫃裡。

落ちる
o.chi.ru.
義 掉、掉落 ⇨ 動詞

例 2階から落ちる。
ni.ka.i.ka.ra./o.chi.ru.
從2樓掉下來。

例 ヘリコプターが落ちた。
he.ri.ko.pu.ta.a.ga./o.chi.ta.
直升機墜落了。

 109 track

おつり
o.tsu.ri.
義 找回的零錢、找零 ⇨ 名詞

例 5,000 円札で払って 500 円のおつりをもらった。
go.se.n.e.n.sa.tsu.de./ha.ra.tte./go.hya.ku.e.n.no./o.tsu.ri.o./mo.ra.tta.
用 5000 日圓的紙鈔付的，拿回 500 日圓零錢。

音
o.to.
義 (東西發出的)聲音 ⇨ 名詞

例 変な音がする。
he.n.na./o.to.ga.su.ru.
有奇怪的聲音。

お見舞い
o.mi.ma.i.
義 探病 ⇨ 名詞

例 病院へお見舞いに行った。
byo.u.i.n.e./o.mi.ma.i.ni./i.tta.
到醫院探病。

track 跨頁共同導讀 109

お土産
o.mi.ya.ge.
義 伴手禮、土產　⇨ 名詞

例 お土産をもらった。
o.mi.ya.ge.o./mo.ra.tta.
拿到伴手禮。

思い出す
o.mo.i.da.su.
義 想起　⇨ 動詞

例 用事を思い出したので帰ります。
yo.u.ji.o./o.mo.i.da.shi.ta.no.de./ka.e.ri.ma.su.
想起有事，所以要回去了。

思う
o.mo.u.
義 想、覺得　⇨ 動詞

例 思っていることは何でも言いなさい。
o.mo.tte.i.ru.ko.to.wa./na.n.de.mo./i.i.na.sa.i.
在想什麼都請說出來。

例 あなたのおっしゃるとおりだと思います。
a.na.ta.no./o.ssha.ru./to.o.ri.da.to./o.mo.i.ma.su.
我覺得你說得很對。

 110 **track**

おもちゃ
o.mo.cha.
義 玩具 ⇨ 名詞

例 おもちゃで遊ぶ。
o.mo.cha.de./a.so.bu.
玩玩具。

表（おもて）
o.mo.te.
義 正面、表面 ⇨ 名詞

例 カードの表を出す。
ka.a.do.no./o.mo.te.o./da.su.
出示卡片正面。

親（おや）
o.ya.
義 雙親 ⇨ 名詞

例 彼の親はだれか分からない。
ka.re.no./o.ya.wa./da.re.ka./wa.ka.ra.na.i.
他的父母不知是誰。

track 跨頁共同導讀 110

お
下りる
o.ri.ru.
⑧下　⇨ 動詞

例 階段を下りる。
ka.i.da.n.o./o.ri.ru.
下樓梯。

お
降りる
o.ri.ru.
⑧下　⇨ 動詞

例 電車から降りる。
de.n.sha.ka.ra./o.ri.ru.
下車。

お
折る
o.ru.
⑧折　⇨ 動詞

例 ページを折る。
pe.e.ji.o./o.ru.
折起某頁。

例 桜の枝を折る。
sa.ku.ra.no./e.da.o./o.ru.
折下櫻花枝。

 111 **track**

お礼
o.re.i.
義 道謝、打招呼 ⇨ 名詞

例 お礼を言う。
o.re.i.o./i.u.
道謝。

折れる
o.re.ru.
義 折疊、斷 ⇨ 動詞

例 この鉛筆の芯は折れやすい。
ko.no.e.n.pi.tsu.no./shi.n.wa./o.re.ya.su.i.
這枝鉛筆的筆恥很容易斷。

終わる
o.wa.ru.
義 結束 ⇨ 動詞

例 戦争が終わった。
se.n.so.u.ga./o.wa.tta.
戰爭結束了。

例 本を読み終わった。
ho.n.o./yo.mi.o.wa.tta.
書讀完了。

track 跨頁共同導讀 111

か行

カーテン
ka.a.te.n.
義 窗簾 ⇨ 名詞

例 カーテンを開けてください。
ka.a.te.n.o./a.ke.te./ku.da.sa.i.
請拉開窗簾。

かいぎしつ
会議室
ka.i.gi.shi.tsu.
義 會議室 ⇨ 名詞

例 会議室に入る。
ka.i.gi.shi.tsu.ni./ha.i.ru.
進入會議室。

かいわ
会話
ka.i.wa.
義 對話、會話 ⇨ 名詞

例 あの人と数回会話をしたことがある。
a.no.hi.to.to./su.u.ka.i./ka.i.wa.o./shi.ta.ko.to.ga./a.ru.
和那個人說過幾次話。

 112 **track**

帰<ruby>る<rt>かえ</rt></ruby>
ka.e.ru.
義 回去、回家 ⇨ 動詞

例 いつもより早く帰る。
i.tsu.mo.yo.ri./ha.ya.ku./ka.e.ru.
比平常早回家。

変<ruby>える<rt>か</rt></ruby>
ka.e.ru.
義 改變 ⇨ 動詞

例 計画を変える。
ke.i.ka.ku.o./ka.e.ru.
改變計畫。

科学<ruby><rt>かがく</rt></ruby>
ka.ga.ku.
義 科學 ⇨ 名詞

例 科学的に考える。
ka.ga.ku.te.ki.ni./ka.n.ga.e.ru.
用科學的角度思考。

track 跨頁共同導讀 112

かがみ
鏡
ka.ga.mi.

圏鏡子 ⇨ 名詞

例 時計が鏡に映っていた。
to.ke.i.ga./ka.ga.mi.ni./u.tsu.tte.i.ta.
時鐘映在鏡子上。

か
掛ける
ka.ke.ru.

圏掛 ⇨ 動詞

例 絵が壁に掛けてある。
e.ga./ka.be.ni./ka.ke.te.a.ru.
牆上掛著畫。

かざ
飾る
ka.za.ru.

圏裝飾 ⇨ 動詞

例 テーブルに花を飾る。
te.e.bu.ru.ni./ha.na.o./ka.za.ru.
把花裝飾在桌上。

か じ
火事
ka.ji.

圏火災 ⇨ 名詞

例 火事を消す。
ka.ji.o./ke.su.
撲滅火災。

113 track

ガス
ga.su.
義 瓦斯、瓦斯爐 ⇨ 名詞

例 ガスの火を弱くする。
ga.su.no.hi.o./yo.wa.ku./su.ru.
把瓦斯爐的火關小。

ガソリン
ga.so.ri.n.
義 汽油 ⇨ 名詞

例 ガソリンを入れる。
ga.so.ri.n.o./i.re.ru.
加汽油。

ガソリンスタンド
ga.so.ri.n.su.ta.n.do.
義 加油站 ⇨ 名詞

例 ガソリンスタンドで給油する。
ga.so.ri.n.su.ta.n.do.de./kyu.u.yu.su.ru.
去加油站加油。

かたい
ka.ta.i.
義 硬的 ⇨ い形

track 跨頁共同導讀 113

例 石のようにかたい。
い
i.shi.no.yo.u.ni./ka.ta.i.
像石頭一樣硬。

かたち
形
ka.ta.chi.
義 形狀、形式、外形 ⇨ 名詞

例 この箱はあなたのと形が同じだ。
はこ　　　　　　　かたち　おな
ko.no.ha.ko.wa./a.na.ta.no.to./ka.ta.chi.ga./o.na.ji.da.
這個箱子和你的箱子形狀一樣。

例 形より内容を重んじる。
かたち　ないよう　おも
ka.ta.chi.yo.ri./na.i.yo.u.o./o.mo.n.ji.ru.
比起形式更重內容。

かたづ
片付ける
ka.ta.zu.ke.ru.
義 收拾、整理 ⇨ 動詞

例 部屋を片付ける。
へや　かたづ
he.ya.o./ka.ta.zu.ke.ru.
整理房間。

114 **track**

勝つ
ka.tsu.
義 勝利、贏 ⇨ 動詞

例 競争相手に勝つ。
kyo.u.so.u.a.i.te.ni./ka.tsu.
打敗競爭對手。

悲しい
ka.na.shi.i.
義 傷心、哀傷 ⇨ い形

例 試験に落ちて悲しい。
shi.ke.n.ni./o.chi.te./ka.na.shi.i.
落榜了感到很傷心。

必ず
ka.na.ra.zu.
義 必定 ⇨ 副詞

例 毎朝必ずジョギングをすることにしている。
ma.i.a.sa./ka.na.ra.zu./jo.gi.n.gu.o./su.ru.ko.to.ni./shi.te.i.ru.
每天一定都會去慢跑。

金持ち
ka.ne.mo.chi.
義 有錢人 ⇨ 名詞

例 彼はお金持ちだ。
ka.re.wa./o.ka.ne.mo.chi.da.
他是有錢人。

track 跨頁共同導讀 114

かのじょ
彼女
ka.no.jo.
義 她、女朋友 ⇨ 名詞

例 それは彼女のものです。

so.re.wa./ka.no.jo.no./mo.no.de.su.

那是她的東西。

例 彼女がいる。

ka.no.jo.ga./i.ru.

有女朋友。

かべ
壁
ka.be.
義 牆壁 ⇨ 名詞

例 絵を壁に掛けた。

e.o./ka.be.ni./ka.ke.ta.

把畫掛在牆上。

かみ
髪
ka.mi.
義 頭髮 ⇨ 名詞

例 髪を洗う。

ka.mi.o./a.ra.u.

洗頭。

115 track

噛む
ka.mu.
義咬、嚼 ⇨ 動詞

例 よく噛んで食べる。
yo.ku.ka.n.de./ta.be.ru.
細嚼慢嚥。

通う
ka.yo.u.
義通勤 ⇨ 動詞

例 バスで学校に通っている。
ba.su.de./ga.kko.u.ni./ka.yo.tte.i.ru.
坐巴士通勤上學。

ガラス
ga.ra.su.
義玻璃 ⇨ 名詞

例 窓にガラスを入れる。
ma.do.ni./ga.ra.su.o./i.re.ru.
在窗框嵌入玻璃。

彼
ka.re.
義他 ⇨ 名詞

文法篇

單字篇

track 跨頁共同導讀 115

㉝ それは彼_{かれ}のかばんだ。

so.re.wa./ka.re.no./ka.ba.n.da.

那是他的包包。

代_かわり

ka.wa.ri.

義 代替、代理 ⇨ 名詞

㉝ 私_{わたし}の代_かわりに出席_{しゅっせき}してくれませんか。

wa.ta.shi.no./ka.wa.ri.ni./shu.sse.ki.shi.te./ku.re.ma.se.n.ka.

你可以代替我出席嗎？

変_かわる

ka.wa.ru.

義 改變、變更 ⇨ 動詞

㉝ 出発_{しゅっぱつ}は 13 日_{にち}に変_かわった。

shu.ppa.tsu.wa./ju.u.sa.n.ni.chi.ni./ka.wa.tta.

出發的日期變更為 13 日。

考_{かんが}える

ka.n.ga.e.ru.

義 考慮、思考 ⇨ 動詞

㉝ この問題_{もんだい}はもっとよく考_{かんが}える必要_{ひつよう}がある。

ko.no.mo.n.da.i.wa./mo.tto./yo.ku.ka.n.ga.e.ru./hi.tsu.yo.u.ga./a.ru.

這個問題必需要再好好思考。

 116 **track**

文
法
篇

單
字
篇

かんけい
関係
ka.n.ke.i.
義 關係 ⇨ 名詞

例 あなたの言うことはこの事件とは関係がない。
a.na.ta.no./i.u.ko.to.wa./ko.no.ji.ke.n.to.wa./ka.n.ke.i.ga.na.i.
你說的事情和這件事無關。

かんたん
簡単
ka.n.ta.n.
義 簡單、輕易 ⇨ な形、副詞

例 その問題は簡単に解ける。
so.no.mo.n.da.i.wa./ka.n.ta.n.ni./to.ke.ru.
那個問題能輕鬆地解決。

例 この問題は簡単だ。
ko.no.mo.n.da.i.wa./ka.n.ta.n.da.
這個問題很簡單。

きかい
機会
ki.ka.i.
義 機會 ⇨ 名詞

例 機会をつかむ。
ki.ka.i.o./tsu.ka.mu.
抓住機會。

track 跨頁共同導讀 116

きけん
危険
ki.ke.n.
義 危險　⇨ な形

例 あの川で泳ぐのは危険だ。
a.no.ka.wa.de./o.yo.gu.no.wa./ki.ke.n.da.
在那條河裡游泳很危險。

き
聞こえる
ki.ko.e.ru.
義 聽見　⇨ 動詞

例 変な物音が聞こえた。
he.n.na./mo.no.o.to.ga./ki.ko.e.ta.
聽見奇怪的聲響。

ぎじゅつ
技術
gi.ju.tsu.
義 技術　⇨ 名詞

例 この工場は日本から技術を導入して建設された。
ko.no.ko.u.jo.u.wa./ni.ho.n.ka.ra./gi.ju.tsu.o./do.u.nyu.u.shi.te./ke.n.se.tsu.sa.re.ta.
這個工廠是導入日本的技術建設而成的。

 117 **track**

季節
ki.se.tsu.

義 季節、時節　⇨ 名詞

例 スキーの季節がやってきた。
su.ki.i.no./ki.se.tsu.ga./ya.tte.ki.ta.
滑雪的季節到了。

規則
ki.so.ku.

義 規則　⇨ 名詞

例 規則を守る。
ki.so.ku.o./ma.mo.ru.
遵守規則。

きっと
ki.tto.

義 一定　⇨ 副詞

例 きっと成功する。
ki.tto./se.i.ko.u.su.ru.
一定成功。

厳しい
ki.bi.shi.i.

義 嚴格　⇨ 名詞

track 跨頁共同導讀 117

例 あの先生は厳しいです。

a.no.se.n.se.i.wa./ki.bi.shi.i.de.su.

那個老師很嚴格。

気分
ki.bu.n.

義 生理狀態、心情　⇨ 名詞

例 気分が悪いです。

ki.bu.n.ga./wa.ru.i.de.su.

身體不舒服。

決まる
ki.ma.ru.

義 決定、訂定　⇨ 動詞

例 次の会議は来週の金曜日に決まった。

tsu.gi.no./ka.i.gi.wa./ra.i.shu.u.no./ki.n.yo.u.bi.ni./ki.ma.tta.

下次的會議決定是在下週五。

決める
ki.me.ru.

義 決定、選定　⇨ 動詞

例 彼はアメリカに行くことに決めた。

ka.re.wa./a.me.ri.ka.ni./i.ku.ko.to.ni./ki.me.ta.

他決定要去美國。

118 **track**

気持ち
ki.mo.chi.

義 心情、感覺 ⇨ 名詞

例 他人の気持ちを尊重する。

ta.ni.n.no./ki.mo.chi.o./so.n.cho.u.su.ru.

他尊重別人的感受。

例 憂鬱な気持ちになった。

yu.u.u.tsu.na./ki.mo.chi.ni./na.tta.

心情變得憂鬱。

着物
ki.mo.no.

義 和服 ⇨ 名詞

例 着物を着る。

ki.mo.no.o./ki.ru.

穿和服

客
kya.ku.

義 客人 ⇨ 名詞

例 客を招く。

kya.ku.o./ma.ne.ku.

招攬客人。

track 跨頁共同導讀 118

> きゅう
> 急
> kyu.u.
> 義 突然 ⇨ な形、副詞

例 彼は急に立ち止まった。

ka.re.wa./kyu.u.ni./ta.chi.do.ma.tta.

他突然停下腳步。

> きょういく
> 教 育
> kyo.u.i.ku.
> 義 教育 ⇨ 名詞

例 彼はアメリカで教育を受けた。

ka.re.wa./a.me.ri.ka.de./kyo.u.i.ku.o./u.ke.ta.

他在美國受教育。

> きょうそう
> 競 争
> kyo.u.so.u.
> 義 競爭 ⇨ 名詞

例 その産業での競争は激しい。

so.no.sa.n.gyo.u.de.no./kyo.u.so.u.wa./ha.ge.shi.i.

那個產業裡的競爭很激烈。

119 **track**

きょうみ
興味
kyo.u.mi.
義 興趣 ⇨ 名詞

例 彼は音楽に興味がある。
ka.re.wa./o.n.ga.ku.ni./kyo.u.mi.ga./a.ru.
他對音樂有興趣。

きんじょ
近所
ki.n.jo.
義 鄰居、自宅附近 ⇨ 名詞

例 近所で昨夜火事があった。
ki.n.jo.de./sa.ku.ya./ka.ji.ga./ta.tta.
家附近昨晚發生了火災。

くうき
空気
ku.u.ki.
義 空氣、氣氛 ⇨ 名詞

例 新鮮な空気を吸う。
shi.n.se.n.na./ku.u.ki.o./su.u.
呼吸新鮮空氣。

例 不愉快な空気が感じられた。
fu.yu.ka.i.na./ku.u.ki.ga./ka.n.ji.ra.re.ta.
感受到不愉快的氣氛。

track 跨頁共同導讀 119

くうこう
空港
ku.u.ko.u.
義機場 ⇨ 名詞

でんしゃ くうこう い
例 電車で空港へ行く。
de.n.sha.de./ku.u.ko.u.e./i.ku.
坐火車到機場。

くさ
草
ku.sa.
義草 ⇨ 名詞

くさ か
例 草を刈る。
ku.sa.o./ka.ru.
除草。

くび
首
ku.bi.
義脖子 ⇨ 名詞

ねこ くび すず
例 猫の首に鈴をつけた。
ne.ko.no./ku.bi.ni./su.zu.o.tsu.ke.ta.
在貓的脖子上戴鈴鐺。

くも
雲
ku.mo.
義雲 ⇨ 名詞

くも き
例 雲が切れた。
ku.mo.ga./ki.re.ta.
(烏)雲散了。/天晴了。

120 **track**

比<ruby>比<rt>くら</rt></ruby>べる
ku.ra.be.ru.
義 比較　⇨ 動詞

例 <ruby>二人<rt>ふたり</rt></ruby><ruby>並<rt>なら</rt></ruby>んで<ruby>背<rt>せ</rt></ruby>を<ruby>比<rt>くら</rt></ruby>べる。
fu.ta.ri./na.ra.n.de./se.o./ku.ra.be.ru.
兩人並列在一起比身高。

<ruby>暮<rt>く</rt></ruby>れる
ku.re.ru.
義 天色暗下來　⇨ 動詞

例 <ruby>日<rt>ひ</rt></ruby>が<ruby>暮<rt>く</rt></ruby>れる。
hi.ga./ku.re.ru.
天色暗了。

<ruby>計画<rt>けいかく</rt></ruby>
ke.i.ka.ku.
義 計畫　⇨ 名詞

例 <ruby>計画<rt>けいかく</rt></ruby>を<ruby>立<rt>た</rt></ruby>てる。
ke.i.ka.ku.o./ta.te.ru.
訂定計畫。

<ruby>経験<rt>けいけん</rt></ruby>
ke.i.ke.n.
義 經驗　⇨ 名詞

文法篇

單字篇

track 跨頁共同導讀 120

例 いろいろつらい経験をしてきた。

i.ro.i.ro./tsu.ra.i./ke.i.ke.n.o./shi.te.ki.ta.

歷經了各種經驗。

けいざい
経済
ke.i.za.i.

義 經濟 ⇨ 名詞

例 経済学を勉強する。

ke.i.za.i.ga.ku.o./be.n.kyo.u.su.ru.

學習經濟學。

けいさつ
警察
ke.i.sa.tsu.

義 警察 ⇨ 名詞

例 警察を呼ぶ。

ke.i.sa.tsu.o./yo.bu.

報警。/叫警察。

けが
ke.ga.

義 受傷 ⇨ 名詞

例 事故で腕にけがをした。

ji.ko.de./u.de.ni./ke.ga.o.shi.ta.

手腕因意外而受傷。

文
法
篇

單
字
篇

景色 けしき
ke.shi.ki.
義 風景　⇨ 名詞

例 窓から景色を眺める。 まど けしき なが
ma.do.ka.ra./ke.shi.ki.o./na.ga.me.ru.
眺望窗外的景色。

決して けっ
ke.sshi.te.
義 一定、絕對　⇨ 副詞

例 彼は決して怒らない人だ。 かれ けっ おこ ひと
ka.re.wa./ke.sshi.te./o.ko.ra.na.i./hi.to.da.
他絕對不會生氣。

けれど（も）
ke.re.do.(mo.)
義 但是　⇨ 接續詞

例 彼は勉強は得意だけれど運動は苦手だ。 かれ べんきょう とくい うんどう にがて
ka.re.wa./be.n.kyo.u.wa./to.ku.i.da.ke.re.do./u.n.do.u.wa./ni.ga.te.da.
他很會讀書，但卻不擅長運動。

原因 げんいん
ge.n.i.n.
義 原因　⇨ 名詞

track 跨頁共同導讀 121

例 失敗の原因を分析した。
しっぱい げんいん ぶんせき

shi.ppa.i.no./ge.n.i.n.o./bu.n.se.ki.shi.ta.

分析失敗的原因。

けんか
ke.n.ka.

義 吵架、爭吵 ⇨ 名詞

例 仕事のことで同僚とけんかした。
しごと どうりょう

shi.go.to.no./ko.to.de./do.u.ryo.u.to./ke.n.ka.shi.ta.

因為工作的事和同事爭吵。

研究
けんきゅう
ke.n.kyu.u.

義 研究 ⇨ 名詞

例 彼は経済学の研究をしている。
かれ けいざいがく けんきゅう

ka.re.wa./ke.i.za.i.ga.ku.no./ke.n.kyu.u.o./shi.te.i.ru.

他在做經濟學方面的研究。

見物
けんぶつ
ke.n.bu.tsu.

義 參觀、觀看 ⇨ 名詞

例 試合を見物する。
しあい けんぶつ

shi.a.i.o./ke.n.bu.tsu.su.ru.

觀賞比賽。

122 **track**

こうぎ
講義
ko.u.gi.

義授課 ⇨ 名詞

例 講義に出る。
ko.u.gi.ni./de.ru.
出席上課。

こうこう
高校
ko.u.ko.u.

義高中 ⇨ 名詞

例 私は高校1年生です。
wa.ta.shi.wa./ko.u.ko.u./i.chi.ne.n.se.i.de.su.
我是高一生。

こうちょう
校長
ko.u.cho.u.

義校長 ⇨ 名詞

例 校長室に来なさい。
ko.u.cho.u.shi.tsu.ni./ki.na.sa.i.
到校長室來。

こうつう
交通
ko.u.tsu.u.

義交通 ⇨ 名詞

例 会社への 交通は 便利です。

ka.i.sha.e.no./ko.u.tsu.u.wa./be.n.ri.de.su.

到公司的交通很便利。

こくさい
国際

ko.ku.sa.i.

義 國際 ⇨ 名詞

例 国際間の 紛争。

ko.ku.sa.i.ka.n.no./fu.n.so.u.

國際間的紛爭。

こころ
心

ko.ko.ro.

義 心、心情 ⇨ 名詞

例 心に 悩みがある。

ko.ko.ro.ni./na.ya.mi.ga./a.ru.

心裡有煩惱。

こしょう
故障

ko.sho.u.

義 故障 ⇨ 名詞

例 電車が 故障している。

de.n.sha.ga./ko.sho.u.shi.te.i.ru.

電車發生故障。

 123 **track**

答え
ko.ta.e.
義 答案、回應 ⇨ 名詞

例 この数学問題の正しい答えは何ですか。
ko.no.su.u.ga.ku.mo.n.da.i.no./ta.da.shi.i.ko.ta.e.wa./na.n.de.su.ka.
這題數學的正確答案是什麼？

例 何度ノックしても答えがなかった。
na.n.do./no.kku.shi.te.mo./ko.ta.e.ga./na.ka.tta.
敲了好幾次門都沒人回應。

この間
ko.no.a.i.da.
義 前陣子 ⇨ 副詞

例 この間の送別会で彼に会った。
ko.no.a.i.da.no./so.u.be.tsu.ka.i.de./ka.re.ni./a.tta.
前陣子在送別會上遇到他。

このごろ
ko.no.go.ro.
義 這陣子、最近 ⇨ 副詞

例 このごろ見たドラマでどれが一番好きですか。
ko.no.go.ro./mi.ta.do.ra.ma.de./do.re.ga./i.chi.ba.n./su.ki.de.su.ka.
最近看過的連續劇，你最喜歡哪一部？

track 跨頁共同導讀 123

細かい
ko.ma.ka.i.

義 細微、細小、詳細　⇨ い形

例 細かい説明をする。
ko.ma.ka.i./se.tsu.me.i.o./su.ru.
詳細說明。

例 細かい字を書く。
ko.ma.ka.i.ji.o./ka.ku.
寫很小的字。

ごみ
go.mi.

義 垃圾　⇨ 名詞

例 ごみを捨てる。
go.mi.o./su.te.ru.
丟垃圾。

込む
ko.mu.

義 壅塞、擠　⇨ 動詞

例 電車が込んでいる。
de.n.sha.ga./ko.n.de.i.ru.
火車裡人很多。

124 track

こめ
米
ko.me.
義 米 ⇨名詞

例 米(こめ)をとぐ。
ko.me.o./to.gu.
洗米。/淘米。

これから
ko.re.ka.ra.
義 從今後、現在開始、接下來 ⇨副詞

例 これから桜(さくら)の季節(きせつ)です。
ko.re.ka.ra./sa.ku.ra.no./ki.se.tsu.de.su.
接下來就是櫻花的季節了。

こわ
怖い
ko.wa.i.
義 可怕、駭人 ⇨い形

例 怖(こわ)い顔(かお)をする。
ko.wa.i.ka.o.o./su.ru.
擺出可怕的表情。

こわ
壊れる
ko.wa.re.ru.
義 壞、故障 ⇨動詞

track 跨頁共同導讀 124

例 機械が壊れてしまった。

ki.ka.i.ga./ko.wa.re.te./shi.ma.tta.

機器壞了。

コンサート

ko.n.sa.a.to.

義 演唱會、音樂會　⇨ 名詞

例 コンサートを開く。

ko.n.sa.a.to.o./hi.ra.ku.

開演唱會。

今度

ko.n.do.

義 這次、下次　⇨ 名詞、副詞

例 今度はあなたの番だよ。

ko.n.do.wa./a.na.ta.no./ba.n.da.yo.

下次輪到你了。

今夜

ko.n.ya.

義 今晚　⇨ 名詞

例 今夜はここに泊まる。

ko.n.ya.wa./ko.ko.ni./to.ma.ru.

今晚要住在這裡。

125 **track**

さ行

さいきん
最近
sa.i.ki.n.

義 最近 ⇨ 名詞、副詞

例 彼女は最近結婚した。

ka.no.jo.wa./sa.i.ki.n./ke.kko.n.shi.ta.

她最近結婚了。

さいご
最後
sa.i.go.

義 最後、結尾 ⇨ 名詞、副詞

例 彼女は最後にやって来た。

ka.no.jo.wa./sa.i.go.ni./ya.tte.ki.ta.

她最後一個到。

例 映画を最後まで見る。

e.i.ga.o./sa.i.go.ma.de./mi.ru.

看到電影的結尾。

さいしょ
最初
sa.i.sho.

義 最早、一開始 ⇨ 名詞、副詞

例 最初に来たのは田中さんだった。

sa.i.sho.ni./ki.ta.no.wa./ta.na.ka.sa.n.da.tta.

最早來的是田中先生。

track 跨頁共同導讀 125

さが
探す
sa.ga.su.
義 找 ⇨ 動詞

例 職を探している。
sho.ku.o./sa.ga.shi.te.i.ru.
找工作。

さ
下げる
sa.ge.ru.
義 低頭、下降 ⇨ 動詞

例 彼は先生に頭を下げた。
ka.re.wa./se.n.se.i.ni./a.ta.ma.o./sa.ge.ta.
他向老師道歉。(向老師低頭)

例 値段を下げる。
ne.da.n.o./sa.ge.ru.
降價。

さっき
sa.kki.
義 剛才 ⇨ 副詞

例 さっきはごめんね。
sa.kki.wa./go.me.n.ne.
剛才真是對不起。

 126 **track**

例 さっき帰ったばかりだ。

sa.kki./ka.e.tta./ba.ka.ri.da.

剛剛才回去的。

寂しい

さび

sa.bi.shi.i.

義 寂寞 ⇨ い形

例 彼がいなくなると寂しくなる。

ka.re.ga./i.na.ku.na.ru.to./sa.bi.shi.ku.na.ru.

他不在就變得寂寞。

再来月

さらいげつ

sa.ra.i.ge.tsu.

義 下下個月 ⇨ 名詞

例 再来月に帰る予定です。

sa.ra.i.ge.tsu.ni./ka.e.ru./yo.te.i.de.su.

預計下下個月回去。

再来週

さらいしゅう

sa.ra.i.shu.u.

義 下下週 ⇨ 名詞

例 会議は再来週の金曜日です。

ka.i.gi.wa./sa.ra.i.shu.u.no./ki.n.yo.u.bi.de.su.

會議是在下下個星期五。

track 跨頁共同導讀 126

サラダ
sa.ra.da.
義 沙拉 ⇨ 名詞

例 サラダを食べる。
sa.ra.da.o./ta.be.ru.
吃沙拉。

触る
sa.wa.ru.
義 碰、摸 ⇨ 動詞

例 子供は子犬を触ってみた。
ko.do.mo.wa./ko.i.nu.o./sa.wa.tte.mi.ta.
孩子試著摸摸看小狗。

サンドイッチ
sa.n.do.i.cchi.
義 三明治 ⇨ 名詞

例 サンドイッチを作る。
sa.n.do.i.cchi.o./tsu.ku.ru.
做三明治。

 track 127

残念
za.n.ne.n.
義 可惜 ⇨ な形

127 **track** 跨頁共同導讀

例 昨日はお会いできなくて残念でした。
ki.no.u.wa./o.a.i.de.ki.na.ku.te./za.n.ne.n.de.shi.ta.
昨天沒辦法見上一面，真是太可惜了。

字
ji.
義 字 ⇨ 名詞

例 字を書く。
ji.o.ka.ku.
寫字。

例 彼は字が上手だ。
ka.re.wa./ji.ga./jo.u.zu.da.
他字寫得很好看。

試合
shi.a.i.
義 比賽 ⇨ 名詞

例 試合に勝つ。
shi.a.i.ni./ka.tsu.
贏得比賽。

仕方
shi.ka.ta.
義 方法 ⇨ 名詞

例 別の仕方もある。
be.tsu.no./shi.ka.ta.mo./a.ru.
也有別的方法。

track 跨頁共同導讀 127

しかる
shi.ka.ru.
義 責罵　⇨ 動詞

例 遅刻して先生にしかられた。
chi.ko.ku.shi.te./se.n.se.i.ni./shi.ka.ra.re.ta.
因為遲到而被老師罵。

試験
shi.ke.n.
義 考試　⇨ 名詞

例 試験を受ける。
shi.ke.n.o./u.ke.ru.
參加考試。

事故
ji.ko.
義 意外　⇨ 名詞

例 事故が起きた。
ji.ko.ga./o.ki.ta.
發生意外。

128 track

しじょう
市場
shi.jo.u.
義 市場 ⇨ 名詞

例 会社は新製品を市場に出した。
ka.i.sha.wa./shi.n.se.i.hi.n.o./shi.jo.u.ni./da.shi.ta.
公司在市場上推出新產品。

じしん
地震
ji.shi.n.
義 地震 ⇨ 名詞

例 地震を感じた。
ji.shi.n.o./ka.n.ji.ta.
感覺到地震。

じだい
時代
ji.da.i.
義 時代 ⇨ 名詞

例 時代は変わってしまった。
ji.da.i.wa./ka.wa.tte.shi.ma.tta.
時代改變了。

しっかり
shi.kka.ri.
義 牢固地、好好地、確實地 ⇨ 副詞

track 跨頁共同導讀 128

例 縄でしっかり縛る。

na.wa.de./shi.kka.ri./shi.ba.ru.

用繩子牢牢綁住。

例 しっかり勉強しなさい。

shi.kka.ri./be.n.kyo.u.shi.na.sa.i.

好好用功。

失敗

shi.ppa.i.

義 失敗 ⇨ 名詞

例 計画は失敗した。

ke.i.ka.ku.wa./shi.ppa.i.shi.ta.

計畫失敗了。

しばらく

shi.ba.ra.ku.

義 暫時、一下子、好一陣子 ⇨ 副詞

例 しばらくお待ちください。

shi.ba.ra.ku./o.ma.chi.ku.da.sa.i.

稍等一下。

例 やあ、しばらくだったね。

ya.a./shi.ba.ra.ku.da.tta.ne.

嗨，好久不見了。

例 しばらくは引っ越さないことにした。

shi.ba.ra.ku.wa./hi.kko.sa.na.i.ko.to.ni./shi.ta.

暫時不搬家了。

129 **track**

しま
島
shi.ma.
義 島 ⇨ 名詞

例 離れ島に住んでいる。
ha.na.re.ji.ma.ni./su.n.de.i.ru.
住在離島。

じむしょ
事務所
ji.mu.sho.
義 事務所 ⇨ 名詞

例 法律事務所に勤める。
ho.u.ri.tsu./ji.mu.sho.ni./tsu.to.me.ru.
在法律事務所工作。

しゃかい
社会
sha.ka.i.
義 社會 ⇨ 名詞

例 社会に出る。
sha.ka.i.ni./de.ru.
出社會。

しゃちょう
社長
sha.cho.u.
義 社長、老闆 ⇨ 名詞

track 跨頁共同導讀 129

例 社長になった。

sha.cho.u.ni./na.tta.

成為社長。

自由
ji.yu.u.
義 自由 ⇨ 名詞、な形、副詞

例 ご自由にお使いください。

go.ji.yu.u.ni./o.tsu.ka.i./ku.da.sa.i.

請自由地取用。

習慣
shu.u.ka.n.
義 習慣 ⇨ 名詞

例 悪い習慣を直す。

wa.ru.i./shu.u.ka.n.o./na.o.su.

改正壞習慣。

住所
ju.u.sho.
義 地址 ⇨ 名詞

例 住所が変わりました。

ju.u.sho.ga./ka.wa.ri.ma.shi.ta.

地址換了。/搬家了。

 130 **track**

じゅうぶん
十分
ju.u.bu.n.
義 非常地、週詳地 ⇨ 副詞

例 十分に考えてからにしなさい。
ju.u.bu.n.ni./ka.n.ga.e.te.ka.ra.ni./shi.na.sa.i.
考慮週詳後再進行。

例 やってみる価値は十分ある。
ya.tte.mi.ru.ka.chi.wa./ju.u.bu.n.a.ru.
非常有試試看的價值。

しゅっせき
出席
shu.sse.ki.
義 出席、出勤 ⇨ 名詞

例 先月は出席がよくなかった。
se.n.ge.tsu.wa./shu.sse.ki.ga./yo.ku.na.ka.tta.
上個月的出勤狀況不佳。

例 まず出席を取ります。
ma.zu./shu.sse.ki.o./to.ri.ma.su.
首先進行點名。

しゅっぱつ
出発
shu.ppa.tsu.
義 出發 ⇨ 名詞

track 跨頁共同導讀 130

例 彼_{かれ}はハワイ旅行_{りょこう}に出発_{しゅっぱつ}した。

ka.re.wa./ha.wa.i.ryo.ko.u.ni./shu.ppa.tsu.shi.ta.

他出發前行夏威夷旅行。

趣味_{しゅみ}

shu.mi.

義 興趣 ⇨ 名詞

例 私_{わたし}の趣味_{しゅみ}は野球_{やきゅう}です。

wa.ta.shi.no./shu.mi.wa./ya.kyu.u.de.su.

我的興趣是打棒球。

準備_{じゅんび}

ju.n.bi.

義 準備 ⇨ 名詞

例 旅行_{りょこう}の準備_{じゅんび}をしている。

ryo.ko.u.no./ju.n.bi.o./shi.te.i.ru.

進行旅行的準備。

紹介_{しょうかい}

sho.u.ka.i.

義 介紹 ⇨ 名詞

例 山田_{やまだ}さんをご紹介_{しょうかい}します。

ya.ma.da.sa.n.o./go.sho.u.ka.i.shi.ma.su.

向您介紹山田先生。

 131 **track**

しょうがっこう
小学校
sho.u.ga.kko.u.
義 小學　⇨ 名詞

例 彼は小学校 5 年生です。。
ka.re.wa./sho.u.ga.kko.u./go.ne.n.se.i.de.su.
他讀小學五年級。

しょうせつ
小説
sho.u.se.tsu.
義 小說　⇨ 名詞

例 小説を読む。
sho.u.se.tsu.o./yo.mu.
讀小說。

しょうたい
招待
sho.u.ta.i.
義 邀請　⇨ 名詞

例 パーティーに招待された。
pa.a.ti.i.ni./sho.u.ta.i.sa.re.ta.
被邀請參加派對。

しょうらい
将来
sho.u.ra.i.
義 將來　⇨ 名詞、副詞

文
法
篇

單
字
篇

track 跨頁共同導讀 131

例 将来(しょうらい)どんなことがあるか分(わ)からない。
sho.u.ra.i./do.n.na.ko.to.ga./a.ru.ka./wa.ka.ra.na.i.
不知道將來會發生什麼事。

食事(しょくじ)
sho.ku.ji.
義 用餐 ⇨ 名詞

例 今晩(こんばん)は外(そと)で食事(しょくじ)しましょう。
ko.n.ba.n.wa./so.to.de./sho.ku.ji./shi.ma.sho.u.
今晚去外面吃吧。

女性(じょせい)
jo.se.i.
義 女性 ⇨ 名詞

例 女性(じょせい)の意見(いけん)を聞(き)いてみたい。
jo.se.i.no./i.ke.n.o./ki.i.te.mi.ta.i.
想聽聽看女性的意見。

知(し)らせる
shi.ra.se.ru.
義 告知、通知 ⇨ 動詞

例 その件(けん)はまだ彼(かれ)に知(し)らせていない。
so.no.ke.n.wa./ma.da./ka.re.ni./shi.ra.se.te.i.na.i.
那件事還沒通知他。

132 **track**

しら
調べる
shi.ra.be.ru.
義 調査 ⇨ 動詞

例 事故の原因を徹底的に調べる。
ji.ko.no./ge.n.i.n.o./te.tte.i.te.ki.ni./shi.ra.be.ru.
徹底調查意外發生的原因。

しんせつ
親切
shi.n.se.tsu.
義 親和、親切 ⇨ な形

例 彼女は他人にとても親切です。
ka.no.jo.wa./ta.ni.n.ni./to.te.mo./shi.n.se.tsu.de.su.
她對陌生人也非常好。

しんぱい
心配
shi.n.pa.i.
義 擔心 ⇨ 名詞

例 心配しないでください。
shi.n.pa.i.shi.na.i.de./ku.da.sa.i.
請不必擔心。

すいえい
水泳
su.i.e.i.
義 游泳 ⇨ 名詞

track 跨頁共同導讀 132

例 彼は水泳が得意です。

ka.re.wa./su.i.e.i.ga./to.ku.i.de.su.

他擅長游泳。

ずいぶん

zu.i.bu.n.

義 非常 ⇨ 副詞

例 今年はずいぶん暑い夏でした。

ko.to.shi.wa./zu.i.bu.n./a.tsu.i./na.tsu.de.shi.ta.

今年夏天非常熱。

数学

su.u.ga.ku.

義 數學 ⇨ 名詞

例 数学が苦手です。

su.u.ga.ku.ga./ni.ga.te.de.su.

不擅長數學。

スーツ

su.u.tsu.

義 套裝、西裝 ⇨ 名詞

例 スーツを着る。

su.u.tsu.o./ki.ru.

穿著西裝。

133 **track**

過_すぎる
su.gi.ru.
義 超過、過度 ⇨ 動詞

例 彼_{かれ}は 30 を過_すぎている。
ka.re.wa./sa.n.ju.u.o./su.gi.te.i.ru.
他已經過了30歲。

例 彼_{かれ}は熱心過_{ねっしんす}ぎる。
ka.re.wa./ne.sshi.n.su.gi.ru.
他熱心過頭了。

スクリーン
su.ku.ri.i.n.
義 螢幕 ⇨ 名詞

例 スクリーンに映_{うつ}しだす。
su.ku.ri.i.n.ni./u.tsu.shi.da.su.
出現在螢幕上。

すごい
su.go.i.
義 非常、厲害 ⇨ い形、副詞

例 電車_{でんしゃ}はすごい混_こんでいる。
de.n.sha.wa./su.go.i./ko.n.de.i.ru.
火車裡非常擠。

track 跨頁共同導讀 133

例 テニスの腕はすごい。

te.ni.su.no./u.de.wa./su.go.i.

很會打網球。

進む
su.su.mu.
義 前進、進行 ⇨ 動詞

例 1日に1キロしか進まなかった。

i.chi.ni.chi.ni./i.chi.ki.ro.shi.ka./su.su.ma.na.ka.tta.

1天只能前進1公里。

ステーキ
su.te.e.ki.
義 牛排 ⇨ 名詞

例 ステーキを焼く。

su.te.e.ki.o./ya.ku.

煎牛排。/烤牛排。

捨てる
su.te.ru.
義 丟棄 ⇨ 動詞

例 ごみを捨てる。

go.mi.o./su.te.ru.

丟垃圾。

134 **track**

砂
すな
su.na.
義 沙子 ⇨ 名詞

例 砂が目に入って痛い。
すな め はい いた
su.na.ga./me.ni.ha.i.tte./i.ta.i.
眼睛進了沙，十分痛。

素晴らしい
すば
su.ba.ra.shi.i.
義 很棒、很好 ⇨ い形

例 彼の演奏は素晴らしかった。
かれ えんそう すば
ka.re.no./e.n.so.u.wa./su.ba.ra.shi.ka.tta.
他演奏得很好。

滑る
すべ
su.be.ru.
義 滑倒、說溜、滑 ⇨ 動詞

例 滑って転んだ。
すべ ころ
su.be.tte./ko.ro.n.da.
滑倒。

例 手が滑ってグラスを床に落とした。
て すべ ゆか お
te.ga.su.be.tte./gu.ra.su.o./yu.ka.ni./o.to.shi.ta.
手一滑把玻璃杯掉到地上。

track 跨頁共同導讀 134

例 つい口が滑ってしまったんだ。

tsu.i.ku.chi.ga./su.be.tte.shi.ma.tta.n.da.

不小心說溜了嘴。

すると
su.ru.to.
義 接著、所以說、結論是 ⇨ 接續詞

例 するとそこに警官が通り掛かった。

su.ru.to./so.ko.ni./ke.i.ka.n.ga./to.o.ri.ka.ka.tta.

接著警察路過那裡。

例 すると彼はその場にはいなかったということだ。

su.ru.to./ka.re.wa./so.no.ba.ni.wa./i.na.ka.tta./to.i.u.ko.to.da.

所以他當時不在那個地方。

生活
se.i.ka.tsu.
義 生活 ⇨ 名詞

例 孤独な生活を送る。

ko.do.ku.na./se.i.ka.tsu.o./o.ku.ru.

過著孤單的生活。

135 track

生産
せいさん
se.i.sa.n.
義 生産力、生産量　⇨ 名詞

例 生産を削減する。
せいさん　　さくげん
se.i.sa.n.o./sa.ku.ge.n.su.ru.
降低生產量。

政治
せいじ
se.i.ji.
義 政治　⇨ 名詞

例 彼女は全く政治に無関心だ。
かのじょ　　まった　　せいじ　　むかんしん
ka.no.jo.wa./ma.tta.ku./se.i.ji.ni./mu.ka.n.shi.n.da.
她對政治絲毫不感興趣。

世界
せかい
se.ka.i.
義 世界　⇨ 名詞

例 世界を一周する。
せかい　　いっしゅう
se.ka.i.o./i.sshu.u.su.ru.
遊世界一周。

席
せき
se.ki.
義 位置　⇨ 名詞

例 席を予約する。
せき　　よやく
se.ki.o./yo.ya.ku.su.ru.
預約位置。

文法篇

單字篇

せつめい
說明
se.tsu.me.i.
義 說明 ⇨ 名詞

例 ルールを説明する。
ru.u.ru.o./se.tsu.me.i.su.ru.
說明規則。

せなか
背中
se.na.ka.
義 背 ⇨ 名詞

例 彼女は怒って背中を向けた。
ka.no.jo.wa./o.ko.tte./se.na.ka.o./mu.ke.ta.
她因為生氣，而背對著我。

ぜひ
ze.hi.
義 務必 ⇨ 副詞

例 是非ともお立ち寄りください。
ze.hi.to.mo./o.ta.chi.yo.ri./ku.da.sa.i.
請務必來坐。

 136 **track**

世話
せわ
se.wa.
義照顧、關照、麻煩 ⇨ 名詞

例 病人の世話をする。
びょうにん　せわ
byo.u.ni.n.no./se.wa.o.su.ru.
照顧病人。

例 他人にあまり世話を掛けないように。
たにん　　　　せわ　か
ta.ni.n.ni./a.ma.ri./se.wa.o.ka.ke.na.i.yo.u.ni.
盡量不要造成別人的麻煩。

例 お世話になりました。
せわ
o.se.wa.ni./na.ri.ma.shi.ta.
謝謝您的照顧。/受您照顧了。

全然
ぜんぜん
ze.n.ze.n.
義完全、絲毫 ⇨ 副詞

例 全然知らなかった。
ぜんぜんし
ze.n.ze.n./shi.ra.na.ka.tta.
完全不知情。/根本不知道。

先輩
せんぱい
se.n.pa.i.
義學長、學姊、前輩 ⇨ 名詞

例 彼は大学の先輩です。
かれ　だいがく　せんぱい
ka.re.wa./da.i.ga.ku.no./se.n.pa.i.de.su.
他是我大學學長。

track 跨頁共同導讀 136

> そうだん
> 相談
> so.u.da.n.
> 義 商量、請教　⇨ 名詞

例 子供の両親と相談する。
ko.do.mo.no./ryo.u.shi.n.to./so.u.da.n.su.ru.
和小孩的父母商談。

> そだ
> 育てる
> so.da.te.ru.
> 義 養育　⇨ 動詞

例 彼女は二人のこどもを育てた。
ka.no.jo.wa./fu.ta.ri.no.ko.do.mo.o./so.da.te.ta.
她養育兩個孩子。

> そつぎょう
> 卒業
> so.tsu.gyo.u.
> 義 畢業　⇨ 名詞

例 いつ大学を卒業しましたか。
i.tsu./da.i.ga.ku.o./so.tsu.gyo.u./shi.ma.shi.ta.ka.
哪一年從大學畢業的？

137 **track**

文法篇

単字篇

それで
so.re.de.

義 那麼、因而 ⇨ 接續詞

例 それであなたは何と言ったのか。
so.re.de./a.na.ta.wa./na.n.to.i.tta.no.ka.
那麼，你說了什麼呢？

例 それで京都へ引っ越すことにした。
so.re.de./kyo.u.to.e./hi.kko.su.ko.to.ni./shi.ta.
因此決定搬到京都住。

それに
so.re.ni.

義 而且、還有 ⇨ 接續詞

例 部屋は机といすと、それに本棚もあった。
he.ya.wa./tsu.ku.e.to./i.su.to./so.re.ni./ho.n.da.na.mo.a.tta.
房間裡有桌子、椅子，還有書櫃。

それほど
so.re.ho.do.

義 那種程度、那麼 ⇨ 名詞 、副詞

例 それほど怖くなかった。
so.re.ho.do./ko.wa.ku.na.ka.tta.
沒那麼可怕。

track 跨頁共同導讀 137

そろそろ
so.ro.so.ro.
義 差不多是時候　⇨ 副詞

例 そろそろ出掛けようか。
so.ro.so.ro./de.ka.ke.yo.u.ka.
差不多該出門了。

そんな
so.n.na.
義 那麼、那種　⇨ 副詞

例 彼がそんなことをしたはずはない。
ka.re.ga./so.n.na.ko.to.o./shi.ta.ha.zu.wa./na.i.
他不可能會做那種事。

そんなに
so.n.na.ni.
義 那麼地、那麼、如此　⇨ 副詞

例 どうしてそんなに遅くなったの。
do.u.shi.te./so.n.na.ni./o.so.ku.na.tta.no.
為什麼如此晚呢？

138 **track**

た行

だいじ
大事
da.i.ji.
義 重要的、珍惜地 ⇨ な形、副詞

例 大事な用事で出掛けた。
da.i.ji.na./yo.u.ji.de./de.ka.ke.ta.
因為重要的事而出門。

だいたい
大体
da.i.ta.i.
義 大致、大略、大部分 ⇨ 名詞、副詞

例 大体の計画を立てる。
da.i.ta.i.no./ke.i.ka.ku.o./ta.te.ru.
訂好大致的計畫。

例 仕事は大体終わった。
shi.go.to.wa./da.i.ta.i./o.wa.tta.
工作大部分都完成了。

タイプ
ta.i.pu.
義 類型 ⇨ 名詞

例 彼女は私の好きなタイプだ。
ka.no.jo.wa./wa.ta.shi.no.su.ki.na./ta.i.pu.da.
她是我喜歡的型。

文法篇

單字篇

track 跨頁共同導讀 138

たいふう
台風
ta.i.fu.u.
義 颱風 ⇨ 名詞

例 島は台風に襲われた。
shi.ma.wa./ta.i.fu.u.ni./o.so.wa.re.ta.
島受到颱風侵襲。

たお
倒れる
ta.o.re.ru.
義 倒下 ⇨ 動詞

例 木が台風で倒れた。
ki.ga.ta.i.fu.u.de./ta.o.re.ta.
樹木被颱風吹倒。

だから
da.ka.ra.
義 所以 ⇨ 接續詞

例 昨日は雨が降った。だから一日中家にいた。
ki.no.u.wa./a.me.ga./fu.tta./da.ka.ra./i.chi.ni.chi.ju.u./i.e.ni.i.ta.
昨天下雨，所以整天都在家。

 139 **track**

文法篇

單字篇

確か
ta.shi.ka.
義 確實、一定 ⇨ 副詞

例 この問題が試験に出るのは確かだ。
ko.no.mo.n.da.i.ga./shi.ke.n.ni./de.ru.no.wa./ta.shi.ka.da.
這題一定會出現在考試裡。

正しい
ta.da.shi.i.
義 正確 ⇨ い形

例 箸の正しい使い方を教えて下さい。
ha.shi.no./ta.da.shi.i./tsu.ka.i.ka.ta.o./o.shi.e.te./ku.da.sa.i.
請教我正確使用筷子的方法。

畳
ta.ta.mi.
義 榻榻米 ⇨ 名詞

例 床に畳を敷いた。
yu.ka.ni./ta.ta.mi.o./shi.i.ta.
在地板上鋪榻榻米。

立てる
ta.te.ru.
義 立、建立 ⇨ 動詞

例 看板を立てる。
ka.n.ba.n.o./ta.te.ru.
建立招牌。

track 跨頁共同導讀 139

例 目標を立てる。

mo.ku.hyo.u.o./ta.te.ru.

訂定目標。

たて
建てる

ta.te.ru.

義 建築　⇨ 動詞

例 家を最近建てました。

i.e.o./sa.i.ki.n.ta.te.ma.shi.ta.

最近蓋了房子。

たと
例えば

ta.to.e.ba.

義 例如、比方說　⇨ 副詞

例 夏休みは外国に行きたいな、例えばハワイ、グアムとかね。

na.tsu.ya.su.mi.wa./ga.i.ko.ku.ni./i.ki.ta.i.na./ta.to.e.ba./ha.wa.i./gu.a.mu.to.ka.ne.

暑假想出國，例如去夏威夷、關島等地。

たな
棚

ta.na.

義 架子　⇨ 名詞

例 棚に本や雑誌がおいてある。

ta.na.ni./ho.n.ya./za.sshi.ga./o.i.te.a.ru.

架上放了書和雜誌。

140 track

たまに
ta.ma.ni.

義 偶爾 ⇨副詞

例 たまに両親（りょうしん）にメールする。
ta.ma.ni./ryo.u.shi.n.ni./me.e.ru.su.ru.
偶爾會寄mail給父母。

ため
ta.me.

義 為了、原因 ⇨名詞

例 課長（かちょう）のために送別会（そうべつかい）が開（ひら）かれた。
ka.cho.u.no.ta.me.ni./so.u.be.tsu.ka.i.ga./hi.ra.ka.re.ta.
為課長舉辦送別會。

例 昨日（きのう）風邪（かぜ）のため会社（かいしゃ）を休（やす）んだ。
ki.no.u./ka.ze.no.ta.me./ka.i.sha.o./ya.su.n.da.
昨天因為感冒，所以沒去上班。

だめ
da.me.

義 白費、無用、不可以、不行 ⇨な形

例 雨（あめ）で試合（しあい）が駄目（だめ）になった。
a.me.de./shi.a.i.ga./da.me.ni./na.tta.
因為下雨讓比賽泡湯了。

track 跨頁共同導讀 140

例 努力をしたが駄目だった。

do.ryo.ku.o./shi.ta.ga./da.me.da.tta.

雖然努力了，但還是行不通。

足りる

ta.ri.ru.

義 足夠　⇨ 動詞

例 お金は十分足りる。

o.ka.ne.wa./ju.u.bu.n./ta.ri.ru.

金錢非常足夠。

男性

da.n.se.i.

義 男性　⇨ 名詞

例 男性の司会者。

da.n.se.i.no./shi.ka.i.sha.

男主持人。

暖房

da.n.bo.u.

義 暖氣　⇨ 名詞

例 暖房がきいている。

da.n.bo.u.ga./ki.i.te.i.ru.

暖氣很暖。

141 **track**

血
<ruby>血<rt>ち</rt></ruby>
chi.
義 血 ⇒ 名詞

例 <ruby>包帯<rt>ほうたい</rt></ruby>で<ruby>血<rt>ち</rt></ruby>を<ruby>止<rt>と</rt></ruby>める。
ho.u.ta.i.de./chi.o./to.me.ru.
用繃帶止血。

チェック
che.kku.
義 確認、檢查 ⇒ 名詞

例 <ruby>重要事項<rt>じゅうようじこう</rt></ruby>をチェックする。
ju.u.yo.u.ji.ko.u.o./che.kku.su.ru.
檢查重要事項。

力
<ruby>力<rt>ちから</rt></ruby>
chi.ka.ra.
義 力氣、力量、權力 ⇒ 名詞

例 <ruby>力<rt>ちから</rt></ruby>を<ruby>失<rt>うしな</rt></ruby>う。
chi.ka.ra.o./u.shi.na.u.
失去力氣。

注意
<ruby>注意<rt>ちゅうい</rt></ruby>
chu.u.i.
義 注意、警告 ⇒ 名詞

track 跨頁共同導讀 141

例 人の注意を促す。

hi.to.no./chu.u.i.o./u.na.ga.su.

引起注意。

例 お酒を飲み過ぎないよう注意した。

o.sa.ke.o./no.mi.su.gi.na.i.yo.u./chu.u.i.shi.ta.

警告對方不要飲酒過量。

ちゅうがっこう
中学校

chu.u.ga.kko.u.

義 中學　⇨ 名詞

例 彼女は中学校の教師です。

ka.no.jo.wa./chu.u.ga.kko.u.no./kyo.u.shi.de.su.

她是中學老師。

ちゅうしゃ
注射

chu.u.sha.

義 打針　⇨ 名詞

例 週一回注射をする。

shu.u./i.kka.i./chu.u.sha.o./su.ru.

一週打一次針。

 142 **track**

ちゅうしゃ
駐車
chu.u.sha.
義 停車 ⇨ 名詞

 えきまえ ちゅうしゃ
駅前に駐車する。
e.ki.ma.e.ni./chu.u.sha.su.ru.
把車停在車站前。

つ
付く
tsu.ku.
義 附著、附 ⇨ 動詞

例 くつ どろ つ
靴に泥が付いています。
ku.tsu.ni./do.ro.ga./tsu.i.te.i.ma.su.
鞋子上沾了泥巴。

例 ていしょく つ
この定食にはデザートが付いている。
ko.no.te.i.sho.ku.ni./de.za.a.to.ga./tsu.i.te.i.ru.
這個套餐附甜點。

つごう
都合
tsu.go.u.
義 情況、理由 ⇨ 名詞

例 しごと つごう い
仕事の都合で行けなかった。
shi.go.to.no./tsu.go.u.de./i.ke.na.ka.tta.
因為工作的關係不能去。

track 跨頁共同導讀 142

伝える
tsu.ta.e.ru.
⑧轉達 ⇨動詞

例 彼に伝言を伝えてほしい。

ka.re.ni./de.n.go.n.o./tsu.ta.e.te./ho.shi.i.

請幫我向他轉達。

続く
tsu.zu.ku.
⑧繼續、持續 ⇨動詞

例 雨が一週間も続いている。

a.me.ga./i.sshu.u.ka.n.mo./tsu.zu.i.te.i.ru.

雨下了一星期。

続ける
tsu.zu.ke.ru.
⑧繼續 ⇨動詞

例 仕事を続ける。

shi.go.to.o./tsu.zu.ke.ru.

繼續這份工作。

つもり
tsu.mo.ri.
⑧打算 ⇨名詞

例 来週帰国するつもりです。

ra.i.shu.u./ki.ko.ku.su.ru./tsu.mo.ri.de.su.

打算下星期回國。

143 **track**

釣る
tsu.ru.
義 釣 ⇨ 動詞

例 魚を釣る。
sa.ka.na.o./tsu.ru.
釣魚。

連れる
tsu.re.ru.
義 帶 ⇨ 動詞

例 彼女は息子を連れて出掛けた。
ka.no.jo.wa./mu.su.ko.o./tsu.re.te./de.ka.ke.ta.
她帶著兒子出門。

適当
te.ki.to.u.
義 適當的、隨便的 ⇨ な形、副詞

例 好みによって適当に砂糖を加えなさい。
ko.no.mi.ni.yo.tte./te.ki.to.u.ni./sa.to.u.o./ku.wa.e.na.sa.i.
依喜好加入適當的糖。

例 適当な返事をする。
te.ki.to.u.na./he.n.ji.o./su.ru.
隨便回答。

文法篇

單字篇

track 跨頁共同導讀 143

できるだけ
de.ki.ru.da.ke.
義**盡量** ⇨副詞

例 できるだけ努力（どりょく）しなさい。
de.ki.ru.da.ke./do.ryo.ku.shi.na.sa.i.
請盡全力努力。

手伝（てつだ）う
te.tsu.da.u.
義**幫忙** ⇨動詞

例 手伝（てつだ）ってください。
te.tsu.da.tte./ku.da.sa.i.
請幫我。

テニス
te.ni.su.
義**網球** ⇨名詞

例 彼（かれ）とテニスの試合（しあい）をした。
ka.re.to./te.ni.su.no./shi.a.i.o./shi.ta.
和他進行網球比賽。

 144 **track**

文
法
篇

單
字
篇

手袋
て ぶ く ろ

te.bu.ku.ro.

義 **手套** ➡ 名詞

例 手袋をはめる。
て ぶ く ろ

te.bu.ku.ro.o./ha.me.ru.

戴上手套。

店員
てんいん

te.n.i.n.

義 **店員** ➡ 名詞

例 店員に聞いてみた。
てんいん き

te.n.i.n.ni./ki.i.te.mi.ta.

問看看店員。

天気予報
てんきよほう

te.n.ki.yo.ho.u.

義 **天氣預報** ➡ 名詞

例 ネットの天気予報を見る。
てんきよほう み

ne.tto.no./te.n.ki.yo.ho.u.o./mi.ru.

看網路上的天氣預報。

展覧会
てんらんかい

te.n.ra.n.ka.i.

義 **展覽** ➡ 名詞

例 展覧会を開く。
てんらんかい ひら

te.n.ra.n.ka.i.o./hi.ra.ku.

舉辦展覽。

track 跨頁共同導讀 144

どうぶつえん
動物園
do.u.bu.tsu.e.n.
義 動物園 ⇨ 名詞

例 こどもを連れて動物園に行く。
ko.do.mo.o./tsu.re.te./do.u.bu.tsu.e.n.ni./i.ku.
帶孩子去動物園。

とお
遠く
to.o.ku.
義 遠方、遠處 ⇨ 名詞

例 遠くの親戚より近くの他人。
to.o.ku.no./shi.n.se.ki.yo.ri./chi.ka.ku.no./ta.ni.n.
遠親不如近鄰。

とくべつ
特別
to.ku.be.tsu.
義 特別 ⇨ な形 、 副詞

例 誕生日には何も特別なことはしません。
ta.n.jo.u.bi.ni.wa./na.ni.mo./to.ku.be.tsu.na./ko.to.wa./shi.ma.se.n.
生日當天沒有特別的慶祝。

例 今年の夏は特別暑い。
ko.to.shi.no.na.tsu.wa./to.ku.be.tsu./a.tsu.i.
今年的夏天特別熱。

145 **track**

とちゅう
途中
to.chu.u.
義 中途、途中 ⇨ 名詞

例 学校に行く途中で彼に出会った。
ga.kko.u.ni./i.ku.to.chu.u.de./ka.re.ni./de.a.tta.
上學途中遇到他。

とど
届ける
to.do.ke.ru.
義 送到、交給、報告 ⇨ 動詞

例 拾ったお金を交番に届けた。
hi.ro.tta.o.ka.ne.o./ko.u.ba.n.ni./to.do.ke.ta.
把撿到的錢送到警局。

と
泊まる
to.ma.ru.
義 住宿、住 ⇨ 動詞

例 今晩は友人の家に泊まる。
ko.n.ba.n.wa./yu.u.ji.n.no./i.e.ni./to.ma.ru.
今晚要住朋友家。

と
止める
to.me.ru.
義 停、停下、阻止 ⇨ 動詞

文法篇

單字篇

track 跨頁共同導讀 145

例 彼は足を止めて地図を見た。

ka.re.wa./a.shi.o./to.me.te./chi.zu.o./mi.ta.

他停下腳步看地圖。

例 事故のため通行が止められた。

ji.ko.no./ta.me./tsu.u.ko.u.ga./to.me.ra.re.ta.

因為意外的關係，目前禁止通行。

泥棒
どろぼう

do.ro.bo.u.

義 小偷　⇨ 名詞

例 隣の家に泥棒が入った。

to.na.ri.no./i.e.ni./do.ro.bo.u.ga./ha.i.tta.

隔壁遭小偷了。

どんどん

do.n.do.n.

義 盡量、慢慢地　⇨ 副詞

例 どんどんお金を使う。

do.n.do.n./o.ka.ne.o./tsu.ka.u.

盡量用錢。

例 どんどん悪化する。

do.n.do.n./a.kka.su.ru.

逐漸惡化。

146 **track**

な行

直す
なお
na.o.su.
義 改正、修改 ⇨ 動詞

例 誤りを直す。
あやま　なお
a.ya.ma.ri.o./na.o.su.
改正錯誤。

直る
なお
na.o.ru.
義 改正過來 ⇨ 動詞

例 その癖が直らなかった。
くせ　なお
so.no.ku.se.ga./na.o.ra.na.ka.tta.
那個習慣沒有改正過來。

治る
なお
na.o.ru.
義 治癒 ⇨ 動詞

例 風邪は治りましたか。
かぜ　なお
ka.ze.wa./na.o.ri.ma.shi.ta.ka.
感冒好了嗎？

track 跨頁共同導讀 146

なかなか
na.ka.na.ka.
⟨義⟩非常、不容易　⟹副詞

例 この映画はなかなか面白い。
ko.no.e.i.ga.wa./na.ka.na.ka./o.mo.shi.ro.i.
這部電影非常有趣。

例 彼は私の言うことをなかなか理解しなかった。
ka.re.wa./wa.ta.shi.no./i.u.ko.to.o./na.ka.na.ka./ri.ka.i.shi.na.ka.tta.
他不太能理解我說的話。

泣く
na.ku.
⟨義⟩哭泣　⟹動詞

例 彼女は泣いている。
ka.no.jo.wa./na.i.te.i.ru.
她在哭泣。

投げる
na.ge.ru.
⟨義⟩丟　⟹動詞

例 ボールを投げる。
bo.o.ru.o./na.ge.ru.
丟球。

 147 **track**

な
鳴る
na.ru.
⊕響 ⇨動詞

例 鐘が鳴った。
ka.ne.ga./na.tta.
鐘響了。

なるべく
na.ru.be.ku.
⊕盡量 ⇨副詞

例 なるべく早くおいでください。
na.ru.be.ku./ha.ya.ku./o.i.de./ku.da.sa.i.
請盡早過來。

なるほど
na.ru.ho.do.
⊕原來如此 ⇨副詞、感嘆詞

例 なるほどね。
na.ru.ho.do.ne.
原來如此啊。

な
慣れる
na.re.ru.
⊕習慣 ⇨動詞

track 跨頁共同導讀 147

例 日本の生活に慣れましたか。

ni.ho.n.no./se.i.ka.tsu.ni./na.re.ma.shi.ta.ka.

習慣在日本的生活了嗎？

におい

ni.o.i.

義 味道 ⇨ 名詞

例 いいにおいがする。

i.i./ni.o.i.ga./su.ru.

傳來香味。

苦い

ni.ga.i.

義 苦 ⇨ い形

例 苦い味がする。

ni.ga.i.a.ji.ga./su.ru.

有苦味。

逃げる

ni.ge.ru.

義 逃跑 ⇨ 動詞

例 泥棒は慌てて逃げた。

do.ro.bo.u.wa./a.wa.te.te./ni.ge.ta.

小偷慌張地逃跑了。

148 **track**

文
法
篇

單
字
篇

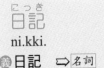
にっき
日記
ni.kki.
義 日記 ⇨ 名詞

例 日記を書く。
ni.kki.o./ka.ku.
寫日記。

にゅういん
入院
nyu.u.i.n.
義 住院 ⇨ 名詞

例 事故で二週間入院している。
ji.ko.de./ni.shu.u.ka.n./nyu.u.i.n.shi.te.i.ru.
因為發生意外，而住院兩週。

にゅうがく
入学
nyu.u.ga.ku.
義 入學 ⇨ 名詞

例 来年、弟は中学校に入学する。
ra.i.ne.n./o.to.u.to.wa./chu.u.ga.kko.u.ni./nyu.u.ga.ku.su.ru.
明年弟弟就要進入中學就讀。

に
似る
ni.ru.
義 相似 ⇨ 動詞

track 跨頁共同導讀 148

例 あの子は母親によく似ている。

a.no.ko.wa./ha.ha.o.ya.ni./yo.ku.ni.te.i.ru.

那個孩子長得很像媽媽。

盗む

nu.su.mu.

義 偷 ⇨ 動詞

例 彼は友達の金を盗んだ。

ka.re.wa./to.mo.da.chi.no./ka.ne.o./nu.su.n.da.

他偷了朋友的錢。

塗る

nu.ru.

義 塗、塗抹 ⇨ 動詞

例 蚊に刺されたところに薬を塗る。

ka.ni./sa.sa.re.ta.to.ko.ro.ni./ku.su.ri.o./nu.ru.

在被蚊子叮的地方抹藥。

ぬれる

nu.re.ru.

義 濕掉 ⇨ 動詞

例 本が雨でぬれてしまった。

ho.n.ga./a.me.de./nu.re.te./shi.ma.tta.

書被雨淋濕了。

149 **track**

ねだん
値段
ne.da.n.
義 **價格** ⇨ 名詞

例 卵の値段が上がった。
ta.ma.go.no./ne.da.n.ga./a.ga.tta.
蛋的價格上漲了。

ねつ
熱
ne.tsu.
義 **發燒、熱情、興趣** ⇨ 名詞

例 熱が上がった。
ne.tsu.ga./a.ga.tta.
發燒。/體溫上升。

例 どうしても勉強に熱が入らない。
do.u.shi.te.mo./be.n.kyo.u.ni./ne.tsu.ga./ha.i.ra.na.i.
不管怎麼樣就是對讀書提不起勁。

ねっしん
熱心
ne.sshi.n.
義 **熱心、熱忱** ⇨ 名詞、な形

例 熱心に勉強する。
ne.sshi.n.ni./be.n.kyo.u.su.ru.
用功學習。

track 跨頁共同導讀 149

ねぼう
寝坊
ne.bo.u.
義 貪睡 ⇨ 名詞

例 寝坊して会議に遅れた。
ne.bo.u.shi.te./ka.i.gi.ni./o.ku.re.ta.
因為貪睡而沒趕上會議。

ねむ
眠い
ne.mu.i.
義 想睡 ⇨ い形

例 昨日徹夜をしたので今日は眠い。
ki.no.u./te.tsu.ya.o./shi.ta.no.de./kyo.u.wa./ne.mu.i.
因為昨天熬夜，所以今天很想睡。

ねむ
眠る
ne.mu.ru.
義 睡 ⇨ 動詞

例 一晩よく眠れた。
hi.to.ba.n./yo.ku./ne.mu.re.ta.
睡了一夜好覺。

 150 **track**

残る
no.ko.ru.
義 剩下、留下 ⇨ 動詞

例 予算が5万円残った。
yo.sa.n.ga./go.ma.n.e.n./no.ko.tta.
預算還剩5萬日圓。

例 一人で家に残った。
hi.to.ri.de./i.e.ni./no.ko.tta.
一個人留在家裡。

のど
no.do.
義 喉嚨 ⇨ 名詞

例 喉がかわいた。
no.do.ga./ka.wa.i.ta.
口渴。

乗り換える
no.ri.ka.e.ru.
義 轉乘 ⇨ 動詞

例 山手線から新幹線に乗り換える。
ya.ma.no.te.se.n.ka.ra./shi.n.ka.n.se.n.ni./no.ri.ka.e.ru.
從山手線轉乘新幹線。

track 跨頁共同導讀 150

は行

> ### ばあい
> 場合
> ba.a.i.
> 義 場合、情況、時候　⇒ 名詞

例 雨天の場合は運動会を中止する。

u.te.n.no./ba.a.i.wa./u.n.do.u.ka.i.o./chu.u.shi.su.ru.

雨天的話(情況)，運動會就停辦。

> ### はこ
> 運ぶ
> ha.ko.bu.
> 義 運送　⇒ 動詞

例 船で車を運んだ。

fu.ne.de./ku.ru.ma.o./ha.ko.n.da.

用船運車子。

> ### はじ
> 始める
> ha.ji.me.ru.
> 義 開始　⇒ 動詞

例 先生は授業を始めた。

se.n.se.i.wa./ju.gyo.u.o./ha.ji.me.ta.

老師開始上課。

例 雨が降り始めた。

a.me.ga./fu.ri.ha.ji.me.ta.

開始下雨。

 151 **track**

場所
ば しょ
ba.sho.
義 場地、地方 ⇨ 名詞

例 座る場所がない。
すわ ば しょ
su.wa.ru./ba.sho.ga./na.i.
沒地方坐。

はず
ha.zu.
義 應該、理當 ⇨ 名詞

例 彼はもう着いているはずだ。
かれ つ
ka.re.wa./mo.u./tsu.i.te.i.ru.ha.zu.da.
他應該已經到了才對。

例 彼がそんなことをしたはずがない。
かれ
ka.re.ga./so.n.na.ko.to.o./shi.ta.ha.zu.ga.na.i.
他不可能會做那種事。

恥ずかしい
は
ha.zu.ka.shi.i.
義 丟臉、害羞 ⇨ い形

例 恥ずかしくて赤面した。
は せきめん
ha.zu.ka.shi.ku.te./se.ki.me.n.shi.ta.
太丟臉了而臉紅。

track 跨頁共同導讀 151

パソコン
pa.so.ko.n.
義 電腦　⇨ 名詞

例 パソコンを買う。
pa.so.ko.n.o./ka.u.
買電腦。

発音
ha.tsu.o.n.
義 發音　⇨ 名詞

例 発音がよい。
ha.tsu.o.n.ga./yo.i.
發音很標準。（よい＝いい）

はっきり
ha.kki.ri.
義 清楚、明白　⇨ 副詞

例 彼の声がはっきり聞こえる。
ka.re.no./ko.e.ga./ha.kki.ri./ki.ko.e.ru.
他的聲音清晰可聞。

例 はっきりした返事をしてください。
ha.kki.ri.shi.ta./he.n.ji.o./shi.te.ku.da.sa.i.
請明確地回答。

 152 **track**

払う
ha.ra.u.
義 支付、揮開、拂去　⇨ 動詞

例 カードで払う。
ka.a.do.de./ha.ra.u.
用信用卡付錢。

例 棚のほこりを払った。
ta.na.no.ho.ko.ri.o./ha.ra.tta.
拂去架子上的灰塵。

番組
ba.n.gu.mi.
義 節目　⇨ 名詞

例 番組を制作する。
ba.n.gu.mi.o./se.i.sa.ku.su.ru.
製作節目。

反対
ha.n.ta.i.
義 反對、相反的　⇨ 名詞

例 道路の反対側に渡った。
do.u.ro.no./ha.n.ta.i.ga.wa.ni./wa.ta.tta.
到馬路對面。

track 跨頁共同導讀 152

例 私は絶対に反対だからね。

wa.ta.shi.wa./ze.tta.i.ni./ha.n.ta.i.da.ka.ra.ne.

我堅決反對。

冷える

hi.e.ru.

義 變冷、覺得冷 ⇨ 動詞

例 最近夜は冷えてきた。

sa.i.ki.n./yo.ru.wa./hi.e.te.ki.ta.

最近夜晚變冷了。

ひげ

hi.ge.

義 鬍子 ⇨ 名詞

例 ひげを剃る。

hi.ge.o./so.ru.

剃鬍子。

153 **track**

文法篇

單字篇

久^{ひさ}しぶり

hi.sa.shi.bu.ri.

義 很久 ⇒ 名詞、な形

例 お久^{ひさ}しぶりですね。

o.hi.sa.shi.bu.ri.de.su.ne.

好久不見了。

例 彼女^{かのじょ}から久^{ひさ}しぶりにメールがあった。

ka.no.jo.ka.ra./hi.sa.shi.bu.ri.ni./me.e.ru.ga./a.tta.

隔了許久才又收到她的mail。

非常^{ひじょう}に

hi.jo.u.ni.

義 非常、十分 ⇒ 副詞

例 非常^{ひじょう}に疲^{つか}れている。

hi.jo.u.ni./tsu.ka.re.te.i.ru.

非常累。

びっくり

bi.kku.ri.

義 嚇一跳 ⇒ 副詞

例 あっ、びっくりした。

a./bi.kku.ri.shi.ta.

啊，嚇我一跳。

track 跨頁共同導讀 153

引っ越す
hi.kko.su.
義 搬家　⇨ 動詞

例 新宿区に引っ越しした。
shi.n.ju.ku.ku.ni./hi.kko.shi.shi.ta.
搬到新宿區住。

必要
hi.tsu.yo.u.
義 必要、必需　⇨ 名詞、な形

例 必要な手段をとる。
hi.tsu.yo.u.na./shu.da.n.o./to.ru.
採取必要的手段。

ひどい
hi.do.i.
義 過份、猛烈、嚴重　⇨ い形

例 あなたはひどい人だ。
a.na.ta.wa./hi.do.i./hi.to.da.
你這個人很過份。

例 ひどい風ですね。
hi.do.i./ka.ze.de.su.ne.
這風可真強。

 154 **track**

開く
ひら
hi.ra.ku.
義 開、打開、舉辦　⇨ 動詞

例 教科書を開く。
きょうかしょ　ひら
kyo.u.ka.sho.o./hi.ra.ku.
打開教科書。

例 会議を開く。
かいぎ　ひら
ka.i.gi.o./hi.ra.ku.
舉辦會議。

ビル
bi.ru.
義 大樓　⇨ 名詞

例 ビルを建てる。
た
bi.ru.o./ta.te.ru.
建大樓。

昼間
ひるま
hi.ru.ma.
義 白天　⇨ 名詞

例 昼間のうちに帰る。
ひるま　　　　　かえ
hi.ru.ma.no./u.chi.ni./ka.e.ru.
趁白天快回去。

文
法
篇

單
字
篇

track 跨頁共同導讀 154

昼休み
hi.ru.ya.su.mi.

義 午休 ⇨ 名詞

例 昼休みは何時から何時までですか。

hi.ru.ya.su.mi.wa./na.n.ji.ka.ra./na.n.ji.ma.de./de.su.ka.

午休是幾點開始幾點結束呢？

増える
fu.e.ru.

義 増加 ⇨ 動詞

例 体重が5キロ増えた。

ta.i.ju.u.ga./go.ki.ro./fu.e.ta.

體重增加了5公斤。

深い
fu.ka.i.

義 深的 ⇨ い形

例 雪が深く積もっている。

yu.ki.ga./fu.ka.ku./tsu.mo.tte.i.ru.

雪積得很深。

例 観客に深い感動を与えた。

ka.n.kya.ku.ni./fu.ka.i.ka.n.do.u.o./a.ta.e.ta.

給觀眾很深的感動。

例 彼女は深いためいきをついた。

ka.no.jo.wa./fu.ka.i.ta.me.i.ki.o./tsu.i.ta.

她深深嘆了一口氣。

155 **track**

複雑
ふくざつ
fu.ku.za.tsu.
義 複雑 ⇨ 名詞、な形

例 彼らの関係は非常に複雑です。
ka.re.ra.no./ka.n.ke.i.wa./hi.jo.u.ni./fu.ku.za.tsu.de.su.
他們之間的關係非常複雜。

普通
ふつう
fu.tsu.u.
義 普通、一般 ⇨ 名詞、な形、副詞

例 彼の学業成績は普通です。
ka.re.no./ga.ku.gyo.u.se.i.se.ki.wa./fu.tsu.u.de.su.
他的學業成績普通。

太る
ふと
fu.to.ru.
義 變胖 ⇨ 動詞

例 このごろずいぶん太りました。
ko.no.go.ro./zu.i.bu.n./fu.to.ri.ma.shi.ta.
最近變胖很多。

布団
ふとん
fu.to.n.
義 棉被 ⇨ 名詞

文法篇

單字篇

track 跨頁共同導讀 155

例 畳に布団を敷く。
ta.ta.mi.ni./fu.to.n.o./shi.ku.
在榻榻米上鋪上被子。

例 布団を畳む。
fu.to.n.o./ta.ta.mu.
疊被子。

船
fu.ne.
義 船　⇨ 名詞

例 船に乗る。
fu.ne.ni./no.ru.
坐船。

不便
fu.be.n.
義 不方便　⇨ 名詞、な形

例 家が不便な所にある。
i.e.ga./fu.be.n.na./to.ko.ro.ni./a.ru.
家裡有不方便的地方。

踏む
fu.mu.
義 踏、踩　⇨ 動詞

例 人の足を踏む。
hi.to.no./a.shi.o./fu.mu.
踩到別人的腳。

文化 <small>ぶんか</small>
bu.n.ka.
義 文化 ⇨ 名詞

例 国 の 文化 を 守る。 <small>くに ぶんか まも</small>
ku.ni.no./bu.n.ka.o./ma.mo.ru.
維護國家的文化。

文学 <small>ぶんがく</small>
bu.n.ga.ku.
義 文學 ⇨ 名詞

例 文学 に 興味 が ある。 <small>ぶんがく きょうみ</small>
bu.n.ga.ku.ni./kyo.u.mi.ga./a.ru.
對文學有興趣。

文法 <small>ぶんぽう</small>
bu.n.po.u.
義 文法 ⇨ 名詞

例 この 文 は 文法的 に 正しい。 <small>ぶん ぶんぽうてき ただ</small>
ko.no.bu.n.wa./bu.n.po.u.te.ki.ni./ta.da.shi.i.
這個句子在文法上是正確的。

別 <small>べつ</small>
be.tsu.
義 分別、不同 ⇨ 名詞、な形

track 跨頁共同導讀 156

例 昼夜の別なく。

chu.u.ya.no.be.tsu.na.ku.

沒有日夜之別。

例 それとこれとは別だ。

so.re.to./ko.re.to.wa./be.tsu.da.

那個和這個是不同的。

例 別の色を見せてください。

be.tsu.no./i.ro.o./mi.se.te.ku.da.sa.i.

請給我看不同的顏色。

変

he.n.

義 奇怪、異常　⇨ 名詞 、 な形

例 彼は頭が変だ。

ka.re.wa./a.ta.ma.ga./he.n.da.

他的想法很奇怪。

例 変なにおいがする。

he.n.na./ni.o.i.ga./su.ru.

有奇怪的味道。

返事

he.n.ji.

義 回答　⇨ 名詞

例 名前を呼ばれたら返事をしなさい。

na.ma.e.o./yo.ba.re.ta.ra./he.n.ji.o./shi.na.sa.i.

叫到名字請回答。

157 **track**

ほうりつ
法律
ho.u.ri.tsu.
義 法律 ⇨ 名詞

例 法律を守る。
ho.u.ri.tsu.o./ma.mo.ru.
遵守法律。

ほし
星
ho.shi.
義 星星 ⇨ 名詞

例 空には星が瞬いていた。
so.ra.ni.wa./ho.shi.ga./ma.ta.ta.i.te.i.ta.
星星在天空中閃耀。

ほど
ho.do.
義 程度 ⇨ 名詞、副助詞

例 彼くらいの役者なら星の数ほどいる。
ka.re.ku.ra.i.no./ya.ku.sha.na.ra./ho.shi.no./ka.zu.ho.do.i.ru.
像他這種演員就像星星那麼多。

ほとんど
ho.to.n.do.
義 幾乎 ⇨ 副詞、名詞

track 跨頁共同導讀 157

例 ほとんどすべての人がそれを信じた。

ho.to.n.do./su.be.te.no.hi.to.ga./so.re.o./shi.n.ji.ta.

幾乎所有的人都相信。

例 私はほとんど何も見なかった。

wa.ta.shi.wa./ho.to.n.do./na.ni.mo./mi.na.ka.tta.

我幾乎什麼都沒看到。

ほめる

ho.me.ru.

義 稱讚。　⇨ 動詞

例 先生はその生徒を褒めた。

se.n.se.i.wa./so.no./se.i.to.o./ho.me.ta.

老師稱讚那名學生。

 158 **track**

ま行

参る
ま.i.ru.
義 來、去(謙讓語) ⇨ 動詞

例 はい、ただいま参ります。

ha.i./ta.da.i.ma./ma.i.ri.ma.su.

我現在就過去。

例 台湾から参りました。

ta.i.wa.n.ka.ra./ma.i.ri.ma.shi.ta.

我是從台灣來的。

負ける
ma.ke.ru.
義 輸 ⇨ 動詞

例 競争に負けた。

kyo.u.so.u.ni./ma.ke.ta.

在競爭中輸了。

まじめ
ma.ji.me.
義 認真、正經 ⇨ 名詞、な形

例 まじめな話だ。

ma.ji.me.na./ha.na.shi.da.

正經話。

文法篇

單字篇

track 跨頁共同導讀 158

例 彼は真面目な人だ。

ka.re.wa./ma.ji.me.na.hi.to.da.

他是認真的人。

まず
ma.zu.
義 首先　⇨ 副詞

例 まず必要なのはお金です。

ma.zu./hi.tsu.yo.u.na.no.wa./o.ka.ne.de.su.

首先需要的就是錢。

例 まず一休みしませんか。

ma.zu./hi.to.ya.su.mi./shi.ma.se.n.ka.

先休息一下吧？

間違える
ma.chi.ga.e.ru.
義 搞錯、弄錯　⇨ 動詞

例 計算を間違える。

ke.i.sa.n.o./ma.chi.ga.e.ru.

算錯。

159 **track**

間（ま）に合（あ）う
ma.ni.a.u.
義 來得及、趕上　⇨ 動詞

例 終電（しゅうでん）に間（ま）に合（あ）った。
shu.u.de.n.ni./ma.ni.a.tta.
趕上最後一班火車。

周（まわ）り
ma.wa.ri.
義 周圍、周遭　⇨ 名詞

例 彼（かれ）の周（まわ）りに皆（みな）集（あつ）まった。
ka.re.no./ma.wa.ri.ni./mi.na./a.tsu.ma.tta.
大家聚集到他周圍。

例 周（まわ）りを気（き）にするな。
ma.wa.ri.o./ki.ni.su.ru.na.
別在意旁人（的眼光）。

真（ま）ん中（なか）
ma.n.na.ka.
義 正中央　⇨ 名詞

例 彼（かれ）は真（ま）ん中（なか）に座（すわ）る。
ka.re.wa./ma.n.na.ka.ni./su.wa.ru.
他在正中央坐下。

文法篇

單字篇

track 跨頁共同導讀 159

見える
mi.e.ru.
義 看見、看得見 ⇨ 動詞

例 ここから富士山が見える。
ko.ko.ka.ra./fu.ji.sa.n.ga./mi.e.ru.
從這裡可以看見富士山。

湖
mi.zu.u.mi.
義 湖 ⇨ 名詞

例 湖で泳ぐ。
mi.zu.u.mi.de./o.yo.gu.
在湖裡游泳。

見付かる
mi.tsu.ka.ru.
義 被找到、被發現 ⇨ 動詞

例 財布がまだ見付からない。
sa.i.fu.ga./ma.da./mi.tsu.ka.ra.na.i.
錢包還沒找到。

例 見付かったらもう終わりだ。
mi.tsu.ka.tta.ra./mo.u./o.wa.ri.da.
被發現就完了。

 160 **track**

見付ける
みつ
mi.tsu.ke.ru.
義 找到、發現　⇨ 動詞

例 誤りを見付ける。
あやま　　　みつ
a.ya.ma.ri.o./mi.tsu.ke.ru.
發現錯誤。

例 仕事を見付けた。
しごと　　みつ
shi.go.to.o./mi.tsu.ke.ta.
找到工作。

皆
みな
mi.na.
義 大家　⇨ 名詞

例 皆で行きましょう。
みな　い
mi.na.de./i.ki.ma.sho.u.
大家一起去吧。

港
みなと
mi.na.to.
義 港口　⇨ 名詞

例 船が港に入ってきた。
ふね　みなと　はい
fu.ne.ga./mi.na.to.ni./ha.i.tte.ki.ta.
船入港了。

文法篇

單字篇

track 跨頁共同導讀 160

向かう
mu.ka.u.

義 向著、對著　⇨ 動詞

例 机に向かう。
tsu.ku.e.ni./mu.ka.u.
面向書桌。(念書)

迎える
mu.ka.e.ru.

義 迎接　⇨ 動詞

例 空港でお客様を迎える。
ku.u.ko.u.de./o.kya.ku.sa.ma.o./mu.ka.e.ru.
去機場接客戶。

昔
mu.ka.shi.

義 以前　⇨ 名詞

例 彼とは昔からの知り合いだ。
ka.re.to.wa./mu.ka.shi.ka.ra.no./shi.ri.a.i.da.
我和他從很早以前就認識了。

虫
mu.shi.

義 蟲　⇨ 名詞

例 虫が嫌いです。
mu.shi.ga./ki.ra.i.de.su.
討厭蟲。

161 **track**

息子
mu.su.ko.
義 兒子　⇨ 名詞

例 息子は今年大学院に入りました。
mu.su.ko.wa./ko.to.shi./da.i.ga.ku.i.n.ni./ha.i.ri.ma.shi.ta.
兒子今年進入研究所就讀。

娘
mu.su.me.
義 女兒　⇨ 名詞

例 うちの娘は今年結婚しました。
u.chi.no./mu.su.me.wa./ko.to.shi./ke.kko.n.shi.ma.shi.ta.
我女兒今年結婚了。

無理
mu.ri.
義 不可能、無理、勉強　⇨ 名詞、な形

例 無理な要求。
mu.ri.na.yo.u.kyu.u.
無理的要求。

例 その仕事は一人では無理だ。
so.no.shi.go.to.wa./hi.to.ri.de.wa./mu.ri.da.
那個工作一個人不可能完成。

track 跨頁共同導讀 161

例 いらないものを無理に買わされた。

i.ra.na.i.mo.no.o./mu.ri.ni./ka.wa.sa.re.ta.

被迫買下不需要的東西。

例 無理しないで。

mu.ri.shi.na.i.de.

不要勉強。

珍しい

me.zu.ra.shi.i.

義 少見、難得　⇨ い形

例 彼が早起きするなんて珍しいことだ。

ka.re.ga./ha.ya.o.ki.su.ru.na.n.te./me.zu.ra.shi.i.ko.to.da.

他很難得早起。

もし

mo.shi.

義 如果、要是　⇨ 副詞

例 もし雨なら行きません。

mo.shi./a.me.na.ra./i.ki.ma.se.n.

如果下雨就不去。

 162 **track**

もちろん
mo.chi.ro.n.
義 當然 ⇨ 副詞

例 もちろんあなたは正しい。
mo.chi.ro.n./a.na.ta.wa./ta.da.shi.i.
你當然是對的。

最も
mo.tto.mo.
義 最 ⇨ 副詞

例 彼はわたしが最も嫌いなタイプだ。
ka.re.wa./wa.ta.shi.ga./mo.tto.mo./ki.ra.i.na./ta.i.pu.da.
他是我最討厭的類型。

戻る
mo.do.ru.
義 回去、回來、回到、恢復 ⇨ 動詞

例 アメリカから戻りました。
a.me.ri.ka.ka.ra./mo.do.ri.ma.shi.ta.
從美國回來。

例 本題に戻る。
ho.n.da.i.ni./mo.do.ru.
回到正題。

例 意識が戻る。
i.shi.ki.ga./mo.do.ru.
恢復意識。

track 跨頁共同導讀 162

や行

焼く
ya.ku.
義 燒、烤、煎　⇨ 動詞

例 紙を焼く。
ka.mi.o./ya.ku.
燒紙。

例 魚を焼く。
sa.ka.na.o./ya.ku.
煎魚。

例 パンを焼く。
pa.n.o./ya.ku.
烤麵包。

約束
ya.ku.so.ku.
義 約定　⇨ 名詞

例 約束を守る。
ya.ku.so.ku.o./ma.mo.ru.
遵守約定。

163 **track**

焼ける
ya.ke.ru.
義 燒掉、烤好　⇨ 動詞

例 家が焼ける。
i.e.ga./ya.ke.ru.
家被燒了。/家失火了。

例 魚が焼ける。
sa.ka.na.ga./ya.ke.ru.
魚烤好。

優しい
ya.sa.shi.i.
義 溫柔　⇨ い形

例 優しい声で話す。
ya.sa.shi.i.ko.e.de./ha.na.su.
用溫柔的聲音說話。

例 彼女はいつも優しくしてくれた。
ka.no.jo.wa./i.tsu.mo./ya.sa.shi.ku./shi.te.ku.re.ta.
她總是對我很溫柔。

やせる
ya.se.ru.
義 瘦　⇨ 動詞

例 彼は随分やせた。
ka.re.wa./zu.i.bu.n.ya.se.ta.
他瘦了很多。

文法篇

單字篇

track 跨頁共同導讀 163

やっと
ya.tto.
義 終於　⇨ 副詞

例 やっと問題が解けた。
ya.tto./mo.n.da.i.ga./to.ke.ta.
問題終於解決。

やっぱり
ya.ppa.ri.
義 果然、還是　⇨ 副詞

例 やっぱり思ったとおりだ。
ya.ppa.ri./o.mo.tta.to.o.ri.da.
果然如我所想的。

やはり
ya.ha.ri.
義 果然、還是　⇨ 副詞

例 彼もやはり勉強家だ。
ka.re.mo./ya.ha.ri./be.n.kyo.u.ka.da.
他還是很用功的。

例 涼しくてもやはり夏は夏だ。
su.zu.shi.ku.te.mo./ya.ha.ri./na.tsu.wa./na.tsu.da.
就算天涼，也還是夏天。

163 **track** 跨頁共同導讀

例 やはり本当だった。

ya.ha.ri/ho.n.to.u.da.tta.

果然是真的。

164 **track**

止む
ya.mu.
義 停止 ⇨ 動詞

例 風がやんだ。

ka.ze.ga./ya.n.da.

風停了。

やめる
ya.me.ru.
義 停止 ⇨ 動詞

例 彼女が入ってくると、彼らは話をやめた。

ka.no.jo.ga./ha.i.tte.ku.ru.to./ka.re.ra.wa./ha.na.shi.o./ya.me.ta.

她一進來，他們的話就停下來。

柔らかい
ya.wa.ra.ka.i.
義 柔、軟 ⇨ い形

例 柔らかい布団。

ya.wa.ra.ka.i./fu.to.n.

柔軟的棉被。

track 跨頁共同導讀 164

^ゆ
湯
yu.
義 熱水、洗澡水 ⇨ 名詞

例 お^ゆ湯を^わ沸かす。
o.yu.o./wa.ka.su.
煮開水。

例 ^ゆ湯に^{はい}入る。
yu.ni.ha.i.ru.
泡澡。

^{ゆしゅつ}
輸出
yu.shu.tsu.
義 輸出 ⇨ 名詞

例 ^{のうさんぶつ}農産物の^{ゆしゅつ}輸出を^{きんし}禁止した。
no.u.sa.n.bu.tsu.no./yu.shu.tsu.o./ki.n.shi.shi.ta.
禁止輸出農產品。

^{ゆにゅう}
輸入
yu.nyu.u.
義 輸入 ⇨ 名詞

例 ^{げんりょう}原料を^{ゆにゅう}輸入する。
ge.n.ryo.u.o./yu.nyu.u.su.ru.
輸入原料。

165 **track**

文法篇

單字篇

指
ゆび
yu.bi.
_義手指 ⇨ 名詞

 彼女は指をくわえている。
かのじょ　　ゆび
ka.no.jo.wa./yu.bi.o./ku.wa.e.te.i.ru.
她咬著手指。

指輪
ゆびわ
yu.bi.wa.
_義戒指 ⇨ 名詞

指輪をはめる。
ゆびわ
yu.bi.wa.o./ha.me.ru.
戴上戒指。

夢
ゆめ
yu.me.
_義夢、夢想 ⇨ 名詞

楽しい夢を見た。
たの　　ゆめ　み
ta.no.shi.i.yu.me.o./mi.ta.
夢見快樂的夢。

彼は歌手になる夢を持っていた。
かれ　かしゅ　　　　ゆめ　も
ka.re.wa./ka.shu.ni.na.ru./yu.me.o./mo.tte.i.ta.
他懷抱成為歌手的夢想。

track 跨頁共同導讀 165

揺れる
yu.re.ru.
義 搖晃 ⇨ 動詞

例 道が悪くて車が揺れた。
mi.chi.ga./wa.ru.ku.te./ku.ru.ma.ga./yu.re.ta.
路況不佳所以車子搖搖晃晃。

用
yo.u.
義 事情 ⇨ 名詞

例 午後は用がある。
go.go.wa./yo.u.ga.a.ru.
下午有事。

用意
yo.u.i.
義 準備 ⇨ 名詞

例 母は夕食の用意をしていた。
ha.ha.wa./yu.u.sho.ku.no./yo.u.i.o./shi.te.i.ta.
媽媽正在準備晚餐。

166 **track**

用事
よ う じ
yo.u.ji.
義 重要的事 ⇨ 名詞

例 用事がある。
よ う じ
yo.u.ji.ga./a.ru.
有事。

汚れる
よ ご
yo.go.re.ru.
義 髒 ⇨ 動詞

例 手が油で汚れた。
て　　あぶら　よご
te.ga./a.bu.ra.de./yo.go.re.ta.
手被油弄髒了。

予習
よ しゅう
yo.shu.u.
義 預習 ⇨ 名詞

例 あしたの予習は済んだ。
よ しゅう　す
a.shi.ta.no./yo.shu.u.wa./su.n.da.
已經完成明天的預習。

予定
よ てい
yo.te.i.
義 預定 ⇨ 名詞

例 予定の時刻に着く。
よ てい　じ こ く　つ
yo.te.i.no./ji.ko.ku.ni./tsu.ku.
在預定的時刻到達。

track 跨頁共同導讀 166

予約
yo.ya.ku.
義 預約 ⇨ 名詞

例 飛行機の予約が取れなかった。
hi.ko.u.ki.no./yo.ya.ku.ga./to.re.na.ka.tta.
沒訂到機位。

例 1か月前から予約を受け付けます。
i.kka.ge.tsu.ma.e.ka.ra./yo.ya.ku.o./u.ke.tsu.ke.ma.su.
從1個月前開始接受預約。

喜ぶ
yo.ro.ko.bu.
義 歡喜、高興 ⇨ 動詞

例 跳び上がって喜ぶ。
to.bi.a.ga.tte./yo.ro.ko.bu.
高興得跳起來。

よろしい
yo.ro.shi.i.
義 好 ⇨ い形

例 電話をお借りしてもよろしいですか。
de.n.wa.o./o.ka.ri.shi.te.mo./yo.ro.shi.i.de.su.ka.
可以借電話嗎？

167 **track**

ら行

利用
り.yo.u.
義 利用 ⇨ 名詞

例 機会を利用する。
ki.ka.i.o./ri.yo.u.su.ru.
利用機會。

留守
ru.su.
義 不在 ⇨ 名詞

例 しばらく日本を留守にします。
shi.ba.ra.ku./ni.ho.n.o./ru.su.ni.shi.ma.su.
暫時不在日本。

冷房
re.i.bo.u.
義 冷氣 ⇨ 名詞

例 冷房をつける。
re.i.bo.u.o./tsu.ke.ru.
開冷氣。

track 跨頁共同導讀 167

歴史
れきし
re.ki.shi.
義 歴史　⇨ 名詞

例 その出来事は歴史に残った。
で き ごと　　れきし　　のこ
so.no.de.ki.go.to.wa./re.ki.shi.ni./no.ko.tta.
那件事在歷史上留下紀錄。

レジ
re.ji.
義 收銀台、櫃檯　⇨ 名詞

例 レジで支払ってください。
し はら
re.ji.de./shi.ha.ra.tte.ku.da.sa.i.
請到櫃檯結帳。

連絡
れんらく
re.n.ra.ku.
義 聯絡　⇨ 名詞

例 彼となかなか連絡がつかない。
かれ　　　　　　れんらく
ka.re.to./na.ka.na.ka./re.n.ra.ku.ga./tsu.ka.na.i.
和他聯絡不上。

 168 **track**

わ行

> わか
> ## 別れる
> wa.ka.re.ru.
> 義 分手、分開、道別　⇨ 動詞

例 さよならを言って彼と別れた。

sa.yo.na.ra.o./i.tte./ka.re.to./wa.ka.re.ta.

說再見後就和他分手了。

> わけ
> ## 訳
> wa.ke.
> 義 理由、原因　⇨ 名詞

例 訳の分からない言葉をつぶやいた。

wa.ke.no.wa.ka.ra.na.i./ko.to.ba.o./tsu.bu.ya.i.ta.

說著莫名其妙的話。

(訳の分からない：莫名其妙)

例 会議が中止になった訳は知りません。

ka.i.gi.ga./chu.u.shi.ni./na.tta./wa.ke.wa./shi.ri.ma.se.n.

不知道會議為何會取消。

文法篇

單字篇

track 跨頁共同導讀 168

忘^{わす}れ物^{もの}
wa.su.re.mo.no.
義 忘了東西 ⇨ 名詞

例 学校^{がっこう}に忘^{わす}れ物^{もの}をしてきた。
ga.kko.u.ni./wa.su.re.mo.no.o./shi.te.ki.ta.
把東西忘在學校了。

割合^{わりあい}
wa.ri.a.i.
義 比率 ⇨ 名詞

例 男^{おとこ}と女^{おんな}の割合^{わりあい}は 4 対^{たい} 3 です。
o.to.ko.to./o.n.na.no./wa.ri.a.i.wa./yo.n.ta.i.sa.n.de.su.
男女比是 4 比 3。

割^われる
wa.re.ru.
義 破 ⇨ 動詞

例 花瓶^{かびん}が割^われた。
ka.bi.n.ga./wa.re.ta.

場景模擬對話
一個人旅遊也可以很自在

日常會話中除了早安，
還有甚麼生活用語？

急用短句：
簡單表達即能暢所欲言！

情景對話：
交通、住宿、
玩樂、購物面面俱到！

突破傳統死背方法

幫助讀者以最簡單、
輕鬆生活化的實字教學，
再搭配超實用的單字與例句
隨時牢記 50 音！
讓你迅速征服五十音
更能輕鬆開口說日語！

東京スカイツリー
上野
浅草
東京
タワー
晴海
豊洲
新木場
東雲
芝浦
有明
荒
東京ゲート
ブリッジ
品川
東京湾

不僅聽得懂，還能開口說，
遊日本，有這本就安心！

從出發到回國，遊日時，
食衣住行用得到的日語會話
都在這裡完美集結

簡單日語就能溝通上手
讓旅行不只是走馬看花
更能貼近當地人的生活

❋ ❋ ❋ ❋ 本書特色 ❋ ❋ ❋ ❋

日本語能力試驗N5完全マスター：
文法＋語彙

1 詳細解說
了解文法來龍去脈

2 畫出重點
加深觀念強化記憶

3 文法比較
針對初學者易混淆
的句型比對說明

4 豐富例句
應試準備無死角

5 句型總覽
將文法分門別類
同步復習相關文法

6 延伸閱讀
活用文法觸類旁通

7 整合單字
方便查詢以利
快速記憶

8 詞性整理
配合文法活用
句型更上手

いちばん使える旅行日本語フレーズブック

本書依場景分門別類，以利快速查詢。

挑選最實用的會話短句，
並廣增最派得上用場的相關單字。
是您溝通立即通的旅遊利器！

誰でもマスターできる！

先學會 **最實用的** 日語文法

網羅生活中
必備日語文法
提供精通日語文法的捷徑

旅遊日文 完整版
たび　にほんごかいわ　かんぜんばん
旅の日本語会話 完全版

一定可以輕鬆上手的旅遊日文
らく　み　　たび　にほんごかいわ
楽に身につく旅の日本語会話

讓你開開心心出國旅行
きぶん　しゅっこく
ウキウキ気分で出国

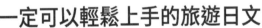

永續圖書
線上購物網

www.foreverbooks.com.tw

◆ 加入會員即享活動及會員折扣。

◆ 每月均有優惠活動，期期不同。

◆ 新加入會員三天內訂購書籍不限本數金額，
  即贈送精選書籍一本。（依網站標示為主）

專業圖書發行、書局經銷、圖書出版

永續圖書總代理：

五觀藝術出版社、培育文化、棋茵出版社、大拓文化、讀
品文化、雅典文化、知音人文化、手藝家出版社、璞申文
化、智學堂文化、語言鳥文化

活動期內，永續圖書將保留變更或終止該活動之權利及最終決定權。